YOYJA
LA ELEGIDA

ANA TERESA MARTÍNEZ

Publicado por Eriginal Books LLC
Miami, Florida
www.eriginalbooks.com
www.eriginalbooks.net

Primera Edición: Diciembre 2013
Correctora de estilo. Roxana Amaro

ISBN-13: 978-1-61370-033-4

DEDICATORIA

A mi querida amiga, Dra. Isabel Novela, porque es para mí como una hija y a quién admiro sobremanera por las bellas cualidades personales y profesionales que la adornan, y a la destacada escritora Roxana Amaro por las sabias orientaciones que me ofreció.

Índice

PALABRAS DE LA AUTORA

Una madre siempre tiene autoridad para hablar de sus hijos y "hay un solo niño lindo en el mundo, lo tiene cada mamá". Este decir encierra una verdad ineludible: el amor de una madre es tan poderoso que nos pone vendas en los ojos y vemos los hijos como deseamos que sean. En casos así, prima la parcialidad pero, en otros, la madre empeñada en que su hijo sea lo mejor del mundo libra una lucha incansable, hasta ver convertido ese pedazo de su alma en lo que desea, aún bajo toda clase de exigencias, trabajo y sacrificio.

Yo, como madre, no he escapado a esa parcialidad. Mi novena hija, YOYJA, es la consentida, no puedo negarlo. El desmedido amor que siento por ella me lleva a escribir estas palabras que tal vez ustedes consideren insípidas; innecesarias. Las escribo con la finalidad de expresarles algo de lo mucho que ella significa para mí.

Que ella es mi predilecta, no lo niego. Y cuando recuerdo la forma especial como vino a mí, me lleno de gozo. Creo que no estoy siendo parcial sino justa.

YOYJA es una voz llegada del mismo infinito: una inspiración inesperada que despertó mi sueño esa madrugada, cuando besaron mis oídos las dulces notas de su nombre. YOYJA es mandato acerca del lugar donde nacería; es fortaleza de la intuición que alumbró mi mente alojándose en mi consciencia. Es sabiduría heredada y adquirida en lugares fuera de este planeta. Es cultivadora de la imaginación, sembrando goces al poner frente a mí escenas que será posible, en un futuro, verlas hecha realidad. Es belleza derramada. YOYJA es la viviente de siglos, respetada, poderosa, admirada, predestinada para ser esposa de un faraón. YOYJA es amor eterno. YOYJA es la Elegida.

Ana Teresa Martínez
San Pedro de Macorís

CANCIÓN DE LA HARPER

Literatura egipcia antigua, vol. 1. (Extracto).
Traducido por Miriam Lichtheim.

¡Él es feliz, este buen príncipe!
La muerte es un destino amable.
Una generación pasa,
Otra se queda.
Desde la época de los antepasados,
Los dioses que fueron antes que yo reposan en sus tumbas.
Bienaventurados los nobles, también están enterrados en sus tumbas.
Pero, los que construyeron las tumbas,
sus lugares se han ido.
¿Qué ha sido de ellos?
He oído las palabas de Imhotep y Hordedef,
cuyos dichos se recitan todo.
¿Cuál de sus lugares?
Sus lugares se han ido
como si nunca hubieran existido.
Hasta que no van a donde han ido,
Sigue tu corazón todos los días de tu vida.

CAPÍTULO I
DESCENSO

Aún cuando haya buenas intenciones,
invadir un país
es una intromisión.

¡Atención! ¡Atención! Todos miren hacia la coordenada 35°50'56"N   14°23'49"E a través del IMU. Observen la maravilla que se extiende debajo de nosotros. Por fin; ya la tenemos. Aquí bajamos. ¡Es, justamente lo que buscamos!

E s la voz firme del intrépido Capitán SurQ, después de realizar una exhaustiva observación que los mantiene mirando hacia abajo como atraídos por un gran imán. Han permanecido largo tiempo sumidos en una exploración que les permita escoger la mejor zona del planeta, meta que trazó el camino de aquellas audaces naves y que, después de atravesar la magnetosfera, recorrieron todas las trayectorias de vuelo marcadas alrededor de la tierra. Las naves se acercan a una velocidad increíble. Avanzando en el silencio, los inauditos aparatos traspasan la troposfera, la que, sin sospechar, abre sus brazos dejando pasar aquellos extraños artefactos que raudos inician el descenso. Un fluir de energía marca la invisible ruta traspasando los límites de la libertad. Sin titubeos, surcan los aires con la firme intención de penetrar en Malta, isla mayor del pintoresco archipiélago extendido en el sur de Sicilia, en el Mar Mediterráneo. Como dormida gaviota, Malta descansa bajo el manto de la madrugada, abrazada por los respiros de las tranquilas aguas, mientras que sus inocentes habitantes duermen plácidamente sumergidos en una aletargada seguridad.

La Tierra, en su acostumbrado baile sobre sí y ajena a las intenciones de los atrevidos alienígenas que la observan bañados en la codicia del poseer, se desnuda y presenta la belleza del paisaje natural que viste el lugar con amplios accidentes geográficos, con rítmicas y vastas olas mecidas en rumores, adormeciendo sus habitantes bajo el manto de la seguridad del Universo que, apacible, protege el paradisíaco hábitat. La litosfera, esculpida en escasas montañas, valles, y llanuras vestidas de un acicalado verdor monocromado, al compás del vaivén de la suave brisa guiña sus ojos. Los escasos ríos sumidos en desvanecido despertar, dibujan cortos caminos. Una rica fauna de animales marinos y sosegadas caracolas recorren con sus cantos los abismos del azul. La brisa, armoniosa, besa las irregulares costas esculpidas en acantilados salpicados por sus azules mares, y aquellos apacibles hombres bañados de ingenuidad, abrazados a la quietud bajo el sopor del sueño, indefensos e impotentes habitan en mansedumbre aquel oasis y permiten que en firme decisión las naves se aproximen.

Los tripulantes desde arriba admiran con emoción el archipiélago al desnudo; islas nadando en espumas sobre el velo de confianza brindada cada noche por las estrellas y la luna.

Las naves se acercan y de ellas salen extraños seres que, al igual que los malteses, tienen alma y sentimientos, pero difieren en su forma de pensar y de actuar; en su capacidad mental y en su apariencia física. Es un despertar único; un día sorpresivo. La mañana, que apenas comienza, sonriente se hace cómplice y envuelta en la humedad dejada por el rocío, abre sus labios para anunciar al paisaje el nuevo acontecer. Sorprendida da la bienvenida a los intrusos y al ver llegar la claridad del sol, le extiende sus brazos en secreta comunicación de lo sucedido.

Un maltés que se había levantado muy temprano observa el aterrizaje de los alienígenas y ve como bajan de las naves aquellos extraños hombres. Atemorizado, con rapidez camina hacia la casa del Gobernador de la isla y con palabras entrecortadas le dice al cuidador:

–Quiero hablar con el Gobernador.

—Es temprano; todavía no ha salido de la casa —le responde. Él insiste de forma tal que el cuidador lo llama. Tan pronto aparece el Gobernador, con voz desesperada le dice:

—Señor Gobernador, algo grave está pasando.

—Dígame de qué se trata —le ruega interesado el Gobernador.

—Dos extraños aparatos vinieron del cielo y de ellos están saliendo unos raros seres.

—¿Dónde los viste?

—Allí. Venga.

El Gobernador llama a dos de sus ayudantes y presurosos se dirigen al lugar. Tan pronto llegan, SurQ, el comandante de las naves, se acerca y como si se conocieran de antaño, saluda al Gobernador.

—¡Buenos días!

El Gobernador, turbado, se dirige hacia él y sin pensar le ofrece un abrazo de bienvenida, sellando así una amistad que perdurará.

—Hemos venido a compartir con ustedes nuestra cultura —le dice SurQ al Gobernador.

—¿Qué quiere usted decir con eso? —le pregunta extrañado.

—Que somos sus amigos y deseamos ayudarlos —le expresa.

Fueron palabras breves pero convincentes. El Gobernador y sus acompañantes se sintieron atraídos hacia ellos y continuaron hablando mientras caminaban hacia el centro de La Valeta. Y ahí estaban ellos, esos extraños seres, con cualidades físicas muy diferentes a la de los malteses: sus alargadas cabezas, la forma oblicua de sus ojos, su estatura y, muy especialmente su enorme poder mental. Eran extraños, pero no resultaban extraños; eran diferentes, pero se sentían como iguales. Hombres, al igual que los malteses. Se produce entre ellos una mágica empatía.

¿Quiénes eran? ¿Qué deseaban? ¿A qué habían ido? Son las preguntas que se cuestionan interiormente los malteses sin que nadie reclamara las respuestas. Están inconscientemente sometidos a la voluntad de quienes acababan de invadirlos.

La interacción no fue difícil. Son seres con fuertes poderes mentales; altos, fornidos, gigantes capaces de cargar rocas inamovibles hasta ese momento. Sus escudriñantes miradas de hermosos ojos azul-verde-mar, desnudan el pensamiento de los demás. Tienen apariencia de ángeles y los habitantes de Malta los creen dioses, razón por la cual se someten a su voluntad con beneplácito.

Esa mañana, los habitantes de la ciudad de La Valeta, capital de Malta, comienzan a vivir la experiencia que los iba a inmortalizar a través del tiempo y por los siglos. Al despertar se encuentran con un grupo de decididos, imponentes y desconcertantes hombres y mujeres que se pasean por sus calles en búsqueda de alguien con quien entablar conversación. El pueblo sale como autómata a compartir con ellos, como atraídos por una poderosa fuerza desconocida. Todos se disponen a recibir con los brazos abiertos a los que bajaron del cielo en esas extrañas naves.

Fue un encuentro programado; una imposición que tomó por asalto a La Valeta a pesar de que venían a compartir su avanzada cultura. De manera insólita, esta raza completamente diferente se da la mano con los malteses, con la espontánea intención de compartir. Los hombres malteses van saliendo de sus casas para conocer a los recién llegados. Las mujeres, con notada coquetería y atraídas por la curiosidad y por la elegancia de aquellos apuestos visitantes, ponen en juego todo su ardid con la finalidad de conquistarlos.

–¿Quién eres? ¿De dónde llegaste? –pregunta la hermosa joven, hija del médico de la ciudad, a un elegante hombre que la observa lleno de asombro y con mirada penetrante.

–Soy un amigo. Hemos venido de un lugar muy lejano a compartir con ustedes –le responde él algo turbado.

–Mi nombre es Shazir –añade.

–¿A qué vinieron? ¿Cuándo se marchan?

–Te explicaré todo –le responde él.

Como si lo conociera de mucho tiempo, ella lo toma de las manos y le dice:

–Está bien. Ven. Te voy a mostrar las playas; son hermosas.

Se dirigen hacia el mar conversando mientras ella le muestra la ciudad. Todo el pueblo los mira y de manera inconsciente se lanzan a caminar por las calles intrigados por saber quiénes eran los extraños visitantes; cosa que no tardó, pues tanto los hombres como las mujeres se amistaron de manera casi automática.

Entre todos ellos se distingue SurQ por su apariencia de edad madura; por esa descomunal hombría que lo reviste; por la convincente mirada de esos grandes y verdes ojos y por la destreza que demuestra al dirigir a los demás. Con astucia, SurQ se acercó al Gobernador de la isla y le habló de sus propósitos, iniciando así una amistad que perduraría para siempre. Acompañados por el Gobernador exploran la pequeña ciudad. Caminan con pasos firmes, penetrando sus miradas en los alrededores, mientras en sus indefinidos rostros se dibuja una gran satisfacción. Las mujeres maltesas comienzan a acercárseles con plena inocencia, sin miedo ni recelos; solo están llenas de asombro y admiración hacia los visitantes.

Aquel pueblo se aproxima a compartir con ellos en medio de una curiosidad casi infantil. Asomándose, el sol, testigo mudo del insólito encuentro, rompe la penumbra exponiendo con claridad el bello paisaje que mansamente se deja apreciar en todo su esplendor. Aquel manifiesto de tan sin igual belleza que viste a la isla de Malta, enamora el corazón de los recién llegados.

Con el pasar de los días, en la mente de SurQ, comandante del grupo, permanece claro el propósito de su visita. Transmitir su cultura es su misión. Mientras tanto, sus compañeros comienzan a dejarse seducir por las mujeres maltesas que, deslumbradas por la elegancia de aquellos hombres, se les acercan con intención de conquistarlos.

SurQ solo se ha fijado en la joven y hermosa hija del Gobernador, aunque de manera disimulada supo ocultar la impresión que le ella le causó. Muy pronto se ve asediado por mujeres que sin recato ni miramientos le ofrecen sus caricias. Pero SurQ, desde que vio a la hermosa hija del Gobernador, quedó prendado de ella y por esa razón no aceptó las repetidas insinuaciones de las bellas mujeres. Hasta la hija del principal médico quiso conquistarlo. Pero él supo evadirla y ella, al darse cuenta de que él no le correspondía, se alejó y buscó a otro con quien entablar la relación. Entusiasmadas las mujeres discutían la conquista de esos hombres. Comentaban entre sí la imponente prestancia del comandante SurQ. En porfía se paseaban por las calles con la esperanza de encontrarse con él. En ese afán, una hermosa joven, prenda preciosa de los malteses expresa:

–Lo conquistaré

–Mira que no –dice otra.

–Ayer tuve la dicha de encontrarme con él y me he propuesto conquistarlo de manera definitiva.

–Dudo que lo logres, pues lo he intentado y es duro de caer.

Ajeno a esta discusión, los pensamientos de SurQ vuelan hasta la hija del Gobernador: «¡Qué hermosa es! Tan formal, tan inocente, tan auténtica. Me muero por volver a verla. Noté que se puso un tanto nerviosa cuando su padre me la presentó. Somell es la mujer que deseo sea mi esposa». SurQ no tuvo que esperar mucho porque esa misma noche el Gobernador lo invitó a cenar en su casa. Su corazón saltó de alegría. «Se lo diré esta noche. Le contaré que la amo».

Aunque apenas transcurrieron unas horas, para SurQ fue una larga espera. Esa noche La Valeta se vistió de gala y la luna sonreía reflejando en su rostro la alegría de este encuentro. A su llegada a la casa del

Gobernador, ambos hombres se saludaron manifestando el valor de su amistad. SurQ abrazó a Somell y apenas pudo disimular su emoción.

La velada transcurrió en camaradería, complacida la familia del Gobernador con tan distinguida visita. Todos conversaban amenamente y SurQ aprovechó ciertas preguntas para alejarse un poco del grupo y saliendo de la casa estar a solas con Somell. Con palabras entrecortadas le dijo:

—Te admiro. Eres una bella mujer.

Ella, llena de asombro y de rubor, desvió la conversación y entraron de nuevo a la casa.

CAPÍTULO II
CULTURAS

En un encuentro entre culturas,
la superior influencia y maneja
fácilmente a la otra.

En corto tiempo y esfuerzo se produjo una verdadera simbiosis cultural. El Gobernador de la isla de Malta no puso ninguna resistencia a la invasión pacífica y aquellos hombres y mujeres se relacionaron con gran facilidad con los malteses.

Somell, hermosa joven de pelo negro, ojos claros y profunda mirada, con un cuerpo escultural y de danzante caminar, se hizo amiga del apuesto SurQ, hombre de cualidades físicas no comunes y con una gran inteligencia, quien se sintió atraído hacia ella desde que la vio, el día del aterrizaje. Se enamoraba por primera vez y jamás pensó que en este pequeño planeta iba a encontrarse con alguien que lo atrapara de esa manera. Su corazón quedó prendado de Somell, quien llena de miedo y a la vez admiración, lo observaba confundida. SurQ aprovechaba la mínima oportunidad para ponderar sus cualidades y se recreaba admirándola en silencio *Cuánta hermosura derramada; cuando la veo pierdo toda voluntad,* se decía constantemente y a lo que ella, de manera inconsciente, respondía con cierta aceptación.

Cuando conversaban él trataba de instruirla y con mucha paciencia fue logrando que ella aprendiera algunas cosas. Así, la núbil joven aprendió a contemplar el cielo y a interpretar los mensajes del titilar de astros. Al contacto con la naturaleza estrecharon su amistad hasta que un día, mirándola a los ojos y con voz entrecortada, SurQ le dijo:

–Somell, desde que te vi por primera vez me sentí atraído por ti. Eres el ser más hermoso que he conocido.

Y prosigue diciendo:

–Eres el amor de mis sueños. Quiero casarme contigo.

Halagada al oír su confesión, le responde emocionada:

–A mí también me gustaría.

–Te amo. Te siento dentro de mí –le confiesa lleno de emoción.

Se acerca. Un fuerte abrazo los une y un profundo beso sella tan fiel declaración.

Emocionada, llora la naturaleza y la brisa en contubernio se viste de frío ofreciendo a SurQ la oportunidad de mantener a su amada estrechada entre sus brazos. Locos de contento comunicaron al Gobernador y a su esposa sus deseos, quienes con beneplácito manifestaron su aprobación.

Todos buscaron pareja y así muy pronto las islas de Malta, Gozo y Comino multiplicaron, con cierta rapidez, la cantidad de sus habitantes. Los primeros en casarse fueron SurQ y la bella Somell. El Gobernador y su esposa se esmeraron en la celebración de las bodas de su hija con SurQ, mientras él aunaba esfuerzos para terminar el templo de Ha`gar-Qim que aún estaba en construcción, para celebrar allí el ansiado casamiento.

Llegó el esperado día. Celebraron unas preciosas bodas, combinando las costumbres de ambas culturas. El templo fue adornado con vistosas flores silvestres que en llamativas guirnaldas cubrían todas las paredes. Sobre el altar central fueron colocados dos aros entrelazados, formados por unas pequeñas y extrañas flores verdes que bajó de la montaña una desconocida dama, con unos brillantes que significaban, según la costumbre de Alnilam, Patria de SurQ, la entrega total del uno al otro. Los aros de boda fueron adheridos a la cintura de los novios, cual magnífico cinturón. Fue una noche de gran regocijo para todos. En la Valeta nunca se había celebrado un acontecimiento de tal magnitud.

Esmeradas las estrellas, titilaban al compás de las canciones que venían en eco melodioso del infinito, mientras, armonizando la ceremonia y durante toda la celebración, un tenue rayo de múltiples e indescriptibles colores iluminó aquel paradisíaco lugar. Todos danzaban conforme a las tradiciones de ambas culturas y bailaban tomados de las manos, girando alrededor de la feliz pareja que en el centro daba vueltas sin cesar, dirigidos por la magia de una dulce voz. Un suculento banquete fue servido, adornado con las más vistosas flores.

En un propicio momento los novios partieron en viaje de bodas. Nadie sabe adónde se marcharon pero al correr los días, en una fría madrugada, aparecieron con sus rostros iluminados y llenos de la más genuina felicidad. Los malteses comentaban que se habían ido a un país lejano que estaba después del mar, donde había un largo y hermoso río y un inmenso desierto en el que la arena y las palmeras bailaban al compás de la risa del viento.

SurQ y Somell vivían felices. Todas las tardes salían a contemplar los grandes acantilados y las azules costas que limitaban la pequeña isla de Malta. Con frecuencia bordeaban el azulado mar que separaba las tres islas. Al cabo de un tiempo, una noticia llenó de felicidad a la familia cuando Somell les comunicó que estaba embarazada. SurQ, lleno de alegría y de orgullo exclama: «Es una niña. La llamaremos **Yoyja**, que en mi país quiere decir **"la Elegida"**».

El tiempo del embarazo transcurre entre cuidos y mimos y ocho meses más tarde nace la primogénita. Esa noche la naturaleza se vistió de gala y voces angelicales bajadas del mismo cielo amenizaron los susurros de las olas del mar mientras la brisa entonaba una canción desconocida. Las estrellas y la luna, confabuladas con los malteses, estallaron en gozo y alegría. En lo alto, una estela de luz dibujada por perlados hilos despertó el ambiente con un rítmico sonido que convirtió por ese momento aquella ciudad en un paraíso semejante a Alnilam, planeta de donde vino SurQ.

Era una hermosa niña. La inocente mirada de sus ojos hacía juego con la belleza de su hermosa cabellera. Lozana como una rosa de primavera, se distinguía de los demás infantes por la longitud de su cabeza oblicua que confirmaba su cercana descendencia de los dioses alienígenos. Desde su infancia mostró poderes que solo los extraterrestres poseían. Usaba su sabiduría y sus conocimientos para ayudar a sus semejantes. Le gustaba jugar con los animales, a los cuales dominaba con el poder de su pensamiento y los cuidaba si enfermaban, sanándolos con solo tocarlos.

A Yoyja le gustaba contemplar las estrellas y pasaba largas horas conversando con ellas, especialmente al amanecer, para unir su conciencia individual con la conciencia universal de donde bebía sus conocimientos, disfrutando de una alucinante fruición que la trasladaba a Alnilam, el mundo de su padre. Sus familiares y la comunidad la admiraban y respetaban. A corta edad valoraba el cambio que se producía en las tres islas principales del archipiélago, Malta, Gozo y Comino.

El archipiélago de Malta se convirtió en un verdadero paraíso, donde los alienígenas se dedicaron a implantar su cultura instaurando así una nueva civilización manifestada a través de la construcción de edificios, monumentos y medios de transporte no imaginados hasta ese entonces en las islas. Trabajadores incansables, tenían una descomunal fuerza y eran amantes de la perfección; de ahí que las tres principales islas del archipiélago se transformaron por completo, especialmente Malta. En el futuro no se imaginarían cómo fueron construidos esos monumentos megalíticos con tanta hermosura y perfección. Se ignoraría cómo acarreaban las grandes rocas, cómo las rodaban, cómo las colocaban. Esas regias construcciones de templos megalíticos, palacios, raíles y otros monumentos convirtieron a Malta en un pueblo donde se notaba a leguas la influencia de una cultura llegada de otro mundo. Para enterrar a sus muertos construyeron tumbas, mesas de gigantescas piedras que trasladaban a grandes distancias.

Adoraban figuras vivas y activas que llegaban del cielo, con las que hacían cultos en lugares subterráneos que eran como templos. La transculturización tuvo lugar sin dificultad, pues los habitantes del archipiélago de Malta eran devotos adoradores de sus dioses, los que a su entender vivían en lo alto y por eso pensaron que los alienígenas invasores eran sus dioses que bajaron a convivir con ellos.

CAPÍTULO III
NEGACIÓN

Guarda discretamente
en su corazón
un amor eterno.

Con el paso de los años, Yoyja fue criada con esmerada educación. Se convirtió en una hermosa y bien educada joven reconocida por la gran sabiduría que la adornaba. Era la admiración de todos los hombres que la conocían. Le proponían matrimonio pero ella vivía ajena a esas emociones y dentro de su corazón se decía: *Muchos me desean, pero guardaré mi destino a través de los siglos. Dormiré en el regazo del tiempo cuidada por los dioses. Ellos me protegerán de la inclemencia de las invasiones y me sentaré en el filo de la distancia del tiempo. No pasarán por mí los años y mi mente será como un límpido cristal. Me guardaré para un Soberano.*

Conversaba con las flores que derramaban su perfume cuando la veían llegar. Los animales la obedecían y ella cantaba al unísono con los pajarillos que visitaban el jardín. Cada noche se sentaba a contemplar el cielo, en el cual veía figuras con las que conversaba, solicitándoles favores: *Cuando esté ausente de este lugar no dejen de recordarme; a mí llegarán sus cánticos y olores envueltos en melodías que confortarán mi alma.* La lluvia producía nostalgia en su corazón y cuando visitaba el Lago Azul, entre las islas Comino y Gozo, rumiaba en sus adentros aquel sentimiento que dormía en su alma. *Algún día me encontraré con él y viviremos unidos por toda la eternidad.*

Pasaba horas y horas sumida en la contemplación del ancho Mar Mediterráneo, conversando con las olas y, en la distancia, con las frágiles embarcaciones que cual luciérnagas nocturnas alumbraban la inmensidad de la noche.

Una tarde contemplaba el Lago Azul y en nostálgicos suspiros vino a su mente aquella experiencia que vivió cuando cumplió diez años.

Recordó que su padre, el día anterior, le dijo:

—Hija mía, mi regalo de cumpleaños será una sorpresa para ti.

—¿Cuál sorpresa, papá? —le pregunté intrigada.

—La promesa de que pronto conocerás a tu abuelo.

—¿Cuándo, papá?

–Tranquila. Sé que estás emocionada, pero debemos esperar –me dijo sonriente.

–Está bien. Confío en ti –le expresé agradecida.

Estuve ansiosa en espera de mi cumpleaños porque no me imaginé que la oportunidad de conocer a mi abuelo estaba tan cerca. Me sentía feliz esperando el gran día. Me acosté temprano. Con besos me despedí de mis padres y en mi corazón tenía la idea de que si me dormía temprano vería más pronto aparecer la mañana del día siguiente.

La madrugada se coló tibia, acogedora, sutil. De repente, por la ventana de mi habitación entró un poderoso rayo de luz azulada, que hizo pestañar mis ojos. Mi corazón late acelerado; estoy asustada e intento salir de la habitación para avisar a mis padres lo que pasa en mi cuarto, pero una suave y poderosa fuerza me detiene, me envuelve, me transforma. Me embargo en una inmensa alegría. *¿Qué me pasa? Siento unas manos que me detienen suavemente y una voz tan dulce que dice mi nombre ¿Quién es? ¿Quién me llama "nieta querida" con tanto amor?* Entro en una especie de sopor. En breves momentos estoy sentada en un amplio sillón y a mi lado, la cara sonriente de un anciano que me llena de felicidad, y con dulces palabras me dice:

–Vine a buscarte para que pasemos juntos un tiempo.

−¿Qué quiere decir? −pregunté complacida pero asombrada.

−Soy el padre de SurQ.

−¡Oh! ¡Entonces eres mi abuelo!

−Sí; eres la única nieta que tengo. Desde que naciste estoy pendiente de ti.

−Te amo, abuelo −exclamé llena de contento.

Él, con el corazón henchido de gozo, me estrecha entre sus brazos. En mi no cabe más ternura; vivo un momento que jamás soñé. En medio de tanta emoción, al mirar por una ventana me doy cuenta de que estoy en una nave espacial, fuera de la tierra. Ya cruzamos por el espacio y vamos penetrando en la inmensidad del Universo, ese Universo que tantas veces me llena de ansiedad y que había mirado con insistencia de hurgarlo. *Voy rumbo a las estrellas. ¡Cuánta belleza!*

Mi abuelo lee mi pensamiento y me dice, estrechándome entre sus brazos con más amor:

−Sí. Vamos hacia Alnilam, donde vivimos. Es el planeta donde nació tu padre.

−Qué bueno abuelito, quiero llegar para verlo. Deseo pasear en él y mirar desde allá las estrellas.

Mi alma de niña estalla de alegría. Nunca imaginé que iba a transitar el Universo rumbo a la Constelación de Orión para llegar a su mismo centro, al llamado "Cinturón de Orión". En mí hay complacencia y disfruto a plenitud el viaje junto a mi abuelo, quien me hace sentir como si hubiera nacido en sus brazos. Llegamos. Es un lugar mágico. En mi pueril pensamiento no cabe tanta maravilla, pero me dispongo a disfrutar la increíble experiencia. Alnilam es distinto a Malta. Allí todo es luz, todo es sueño, todo se ve envuelto en el placer de lo bueno y lo bello de las cosas.

Me esperaban con caras sonrientes, dándome la bienvenida. Comparto con mis ancestros y familiares como si hubiera nacido allí. Todo aquello es belleza envuelta en un gozo celestial, entendible y abierto a un sano sentimiento. Un hermético salón comunica a todas las Ciencias del Saber y allí se practican las buenas costumbres conforme con los lineamientos de aquella civilización extraterrestre. Mi mente se agiganta; mi saber crece. Las costumbres se enraízan y mi corazón se llena de amor puro. No me imagino cuánto tiempo he estado allí con los alnilames. Después de haber compartido con mi familia y de desarrollar a plenitud mi mente, tengo que volver a Malta con dolor y júbilo a la vez. Y yéndome al futuro me abstraigo. *Después que more bajo el manto de Tarxien y se realice mi destino, un día volveré a este lugar y viviré aquí para siempre.* Qué hermoso momento el que viví. Mi consciencia está en conexión con el Universo. Siento latir dentro de mí algo que me hace completamente feliz. Soy la Yoyja que *tenía que ser.*"

En el Archipiélago de Malta no se notó la ausencia de la joven Yoyja. Viajó traspasando el tiempo y el espacio. Un manto invisible cubrió las mentes de los habitantes de aquel pueblo y su viaje pasó desapercibido. Solo ella y sus padres saben lo que pasó. De nuevo en su casa, Yoyja guarda el secreto en su corazón, como se lo ordenó su abuelo. Solo se verían de aquel fantástico viaje los prodigios que ella haría desde ese día y ensimismada piensa: *Así fue... ya nos veremos en otro tiempo.* Echó a andar su mirada, extendiendo sus brazos en armonía con sus pisadas. *En este Mar dibujaré mis huellas, abriendo las cortinas del destino que en silencio comulgan con mi yo.*

Desde aquel día y según fue creciendo, en la preciosa Yoyja se notó un cambio radical que destacaba aún más las finas cualidades de su estirpe. Le gustaba escuchar el rumor de las olas del mar, con las que enviaba mensajes rumbo hacia lo desconocido inmerso en un lejano futuro y cuando llovía, ella, su mente y su espíritu se confundían con la lluvia. La luna, su confidente amiga, era el refugio de los deseos reprimidos que guardaba en los rincones de su tierno corazón envuelto en tules.

Muchos jóvenes la admiraban, insinuándole el amor que latía en sus corazones. Uno de esos fieles admiradores, Ormek, el hijo del mejor amigo de sus padres, la visitaba con frecuencia. Nacieron en el mismo año y crecieron juntos. Yoyja estima a Ormek como a un hermano. Recorren los acantilados de Malta en acostumbrado paseo por las tardes. Admiran la naturaleza, escudriñando de ella sus secretos.

Contemplaban el monte Ta`Dmejrek. Yoyja lo observa fijamente por un largo rato y le dice a Ormek:

–¡Mira qué majestuoso se ve el monte! ¿Cuándo vamos a subir a su cima?

–Cuando quieras. Es temprano aún, vamos ahora –responde él.

–Será interesante. Siempre he tenido la tentación de subir a su cima –añade ella entusiasmada.

Como dos exploradores, toman un bolso con agua y algo para comer. Decididos, comienzan a ascender el enigmático monte Ta'Dmejrek. Muy pocas personas se habían animado a subir, pues existía el mito de que un brujo anciano habitaba en su cima, viéndose en las noches una extraña luz, y que se alimentaba con las personas que osaban ascender. Ese rumor no detuvo la intención de estos intrépidos jóvenes de averiguar lo que realmente había en el monte. No era fácil el ascenso; cada vez se hacía más difícil, pero los dos jóvenes, llenos de entusiasmo, continuaban subiendo. Ella sabía que allí encontrarían algo conmovedor.

De pronto, las ramas de los árboles comienzan a silbar una bonita canción.

—¿Escuchas eso? —le pregunta Ormek a Yoyja, algo intrigado.

—Sí. Es el sonar del viento —contesta ella plena de seguridad. Pero al instante se oye nueva vez un cantar que, como dulce gemir, los envuelve. Ambos presienten que se trata de algo emocionante que los empuja hacia arriba, y continúan el ascenso llenos de intriga. Al rato Yoyja se da cuenta de que una extraña mirada le desnuda el alma y siente gozo; se llena de ternura y busca a su alrededor. No encuentran nada, pero cuando ascienden a la parte final del monte, ven un hermoso árbol. Emocionada, ella exclama:

—Es él. Es el árbol de la Sabiduría. El que conocí allá. Veo claramente aquel lugar.

Su amigo está tan entretenido observando el árbol fantástico que no escuchó lo que ella expresó.

Y es que de los enveses de sus hojas brota una luz indefinida. Está lleno de pequeñas flores verdes que titilan como estrellas y con hojas multicolores que sonríen mientras una fuerza enigmática los atrae hacia su tronco.

Yoyja se queda pasmada. No sabe lo que le pasa. Se siente familiarizada con el árbol y es como si lo hubiera visto toda su vida. Al tomar en sus manos unas de sus flores, trémula su rostro se ilumina de forma tal que su amigo le pregunta:

–¿Qué te pasa? ¿Por qué te veo iluminada?

Yoyja no escucha su pregunta. Está en aquel lejano planeta que visitó. Recuerda cuando su abuelo le mostró ese árbol y le explicó como él la protegería. Después su mente regresa y calla. Ormek vuelve a preguntar:

–¿Qué te pasa? Estás transformada. ¿Por qué emana de ti esa bella luz?

–No es nada. Es que me emocioné mirando la claridad que rodea a este árbol –le contesta, disimulando su fruición.

–¡Qué maravilla! No me imaginaba que en este monte existiera un árbol así –expresa Ormek más que emocionado.

Yoyja está segura, y le dice:

–El hecho de comprobar la existencia de ese árbol aquí en mi tierra, me llena de satisfacción.

Asombrado, Ormek le pregunta:

–¿Dónde lo viste antes?

–Después te cuento –le contesta y lo induce a mirar con detalles el árbol.

–Observa esas flores, qué raras son. Parecería que están complacidas con nuestra presencia.

–Sí, eso veo –dice Ormek.

El tiempo ha pasado y ya la oscuridad se propone arropar la tierra. Comienzan a descender el monte. Van entretenidos, pero Ormek exclama:

–Mira esa roca. Parece diseñada –mientras la toma por el brazo. Se acercan; la observan y Yoyja le explica:

–Sí, es interesante. Esas líneas blancas transparentes son de cuarzo. ¿Sientes la energía que sale de ellas?

–Sí, la siento –responde Ormek extrañado. Yoyja sonríe con cierta malicia.

–Observa aquella –le muestra señalando una que está a pocos metros–. Tiene las líneas rosadas; son de cuarzo también. De rocas como éstas fue que hicieron el altar principal del Templo Ha`gar-Qim y de los templos subterráneos de Tarxien. De este mineral saldrán luces que alumbrarán al mundo. *Cuando veo este mineral, se me estremece el alma* –se dice Yoyja en su interior.

–¿Luces que alumbrarán al mundo? ¿Qué significa? –pregunta Ormek.

–No te preocupes; después entenderás y lo del árbol también –expresó Yoyja.

Regresan felices a sus casas. Era otra experiencia más que vivían.

De tanto en cuanto continúan sus paseos, bajando a la playa. Allí, entretenidos contemplan la inmensidad del mar y conversan con la distancia que disfrazada besa el cielo extendiendo sus brazos para vestirse de horizonte.

–Vamos hacia el lago –le invita él, entusiasmado.

–Sí, vamos –acepta ella.

–Te llevaré a un lugar que nunca has visto.

–¿Dónde está? –pregunta Yoyja interesada.

–Está cerca de la cueva que vimos la semana pasada.

–Me gusta conocer cosas nuevas.

–Lo sé –sonríe satisfecho.

Corren hacia la canoa; es pequeña, pero segura. Está hecha de madera y tiene forma cóncava y fusiforme. Reman besados por la brisa que desnuda sus alargadas cabezas queriendo tejer rizos con sus lacios cabellos. Pronto llegan al paradisíaco lugar, el Lago Azul, que envuelto en su propia magia acaricia las costas de las islas Comino y Gozo. ¡Qué hermosura! Allí acostumbran a navegar tanto en las mañanas como cuando el sol tímidamente se deja vencer por el sueño del atardecer. Como vigías cuidan el hermosísimo lago, observando su belleza dibujada en las azuladas aguas cuando la tarde se despide. Algunas veces penetran en las accidentadas cuevas, que como ojos abiertos, mansamente reciben los embates de las aguas que las dibujan a su capricho horadando sus bocas. La mayoría de las veces se bañan y aletean como gaviotas estremecidas. En atrevidas zambullidas penetran al fondo del lago donde habitan en libertad las algas, los rojos corales, las medusas y los variados peces que corretean jugando a las escondidas. Son amantes de la fauna marina. Ormek disfruta observando debajo del agua la grácil figura de Yoyja que ondula sin cesar. *Si pudiera abrazarla y mecerme en su pecho, diciéndole cuánto la quiero.* Pero ella, sospechando ese sentimiento de Ormek, desvía cualquier circunstancia que pueda sembrar en él alguna esperanza. Esto sucede con frecuencia. Pero hoy llevan la intención de visitar un nuevo lugar. Cruzan el lago; llegan a lo más profundo y señalando las cuevas, Ormek exclama:

–Mira esa cueva. Ahí vamos a entrar.

–Me da miedo; nunca hemos entrado a ésa. Es muy oscura –comenta Yoyja.

–No te preocupes; la conozco. Vine en otra ocasión. Ya verás.

Estas palabras animan a la joven y decidida le dice:

–Está bien. Vamos.

Avanzan con sumo cuidado y Yoyja comienza a percibir algo raro. Intrigada le pregunta a Ormek:

–¿Qué es aquella luz que veo cerca y nunca llegamos a ella?

–Llegaremos; ya falta poco.

Continúan avanzando y, súbitamente, la canoa se detiene. Una blanca pared resplandece ante sus ojos. En ella, unos jeroglíficos en trazos dorados brillan mientras una suave música ameniza el ambiente, convirtiéndolo en un pedazo de cielo. Al verlo Ormek se extraña y de su boca en murmullos sale un:

–¡Oh! Vi la pared antes, pero no las letras.

–¿Cómo? –cuestiona Yoyja asombrada. Él le explica:

–Cuando vine miré algo raro, pero no era así lo que vi. Ahora está diferente; no estaban esas figuras.

Yoyja, ensimismada, lee cada dibujo que va apareciendo, llenándose de asombro cada vez más. Se da cuenta del mensaje que allí se expresa:

–¡Oh! Se refieren a mí. No entiendo.

Al ver la turbación que la invade, Ormek le pregunta:

–¿Qué dicen esas figuras?

–Hablan de mí –le responde escuetamente.

–¿Pero qué dicen? –insiste el joven.

–Cuentan mi historia. Es algo maravilloso. Pero hay algunas cosas que no entiendo y no sé por qué. Veo llover sobre algunas figuras y la lluvia las borra. No entiendo.

Permanecieron allí por largo rato. Las figuras empezaron a cambiar su color dorado brillante por otro más oscuro. Advierten a Yoyja de que llega la noche y al momento desaparecen. Yoyja, llena de emoción, le dice a su amigo:

–Vámonos, va a caer la noche.

Salen apresurados de la enigmática cueva. Yoyja se siente alegre y triste a la vez, pero está satisfecha de la experiencia que vivió.

La ausencia del sol dibuja la penumbra en el espacio sideral y la luna, escondida entre las nubes, deja ver su redondez azul vistiendo el paisaje con hilos de perlas. Envueltos en aquella magia, los amigos deciden volver a sus hogares.

Todas las noches, sentados alrededor del Templo Ha`gar-Qim, contemplan las estrellas. Yoyja se siente atraída por una extraña fuerza universal que emana de las estrellas Alnitak, Alnilam y Mintaka, que forman el cinturón de la Constelación Orión, lugar de donde vino su padre y donde ella había compartido con sus familiares. Ormek no se imagina el por qué cada vez que están en ese lugar la ve transformada. Su pasión por ella   crece; de vez en cuando observa de reojo a su amiga, distraída con su mirada fija en el infinito. Avasallado, deja fluir aquel gran amor que siente por ella. *Hay tanta belleza en Yoyja que no me puedo controlar. Mi corazón hierve cuando estoy a su lado. Tengo que hacer un esfuerzo y disimular; más, en mi corazón crecen los deseos de estar asido a ella.*

Para ellos es tarea diaria observar el cielo de forma exhaustiva. Pasan allí horas enteras tratando de hurgar en el interior de las enigmáticas estrellas con las que se sienten también familiarizados.

Era día festivo. Las familias amigas compartían. Ormek se sentía emocionado. No podía resistir más el deseo de comunicar el sentimiento por Yoyja que ardía en su corazón. Aprovecha una propicia ocasión en que SurQ y Somell están solos y lleno de emoción les dice:

–Esta noche quiero decirles que amo a su hija con todo mi corazón. Estoy dispuesto a casarme con ella.

SurQ y su esposa, asombrados pero felices, le expresan:

–Es una buena noticia. Sabemos que eres un joven digno de ella. Por nuestra parte no objeción.

Pasada la cena, aprovechando que el joven se paseaba por unos de los balcones, SurQ le dijo a Yoyja:

–Hija, tengo que decirte algo.

–Lo escucho, padre.

–El joven Ormek nos ha comunicado que te ama y quiere casarse contigo. Tanto tu madre como yo, estamos de acuerdo.

Al oír esta afirmación el corazón de Yoyja se acelera y repite para sí su hondo sentir: *Muchos me desean, pero guardaré mi destino a través de los siglos. Dormiré en el regazo del tiempo cuidada por los dioses. Ellos me protegerán de la inclemencia de las invasiones y me sentaré en el filo del tiempo y la distancia. No pasarán por mí los años y mi mente será como un límpido cristal. Me guardaré para un soberano.* Y en un impulso incontrolable se pone de pie y expresa con firme decisión:

–Lo lamento padre. No estoy pensando casarme ahora.

–Pues lo harás –truena la voz del padre con autoridad.

Ella vuelve a repetir su negativa:

–Perdóneme padre. No puedo. Mi corazón no me pertenece; ya tiene dueño.

Enfurecido el padre por la negativa de Yoyja, sale de la habitación decidido a desposar a su hija con el enamorado joven.

–Ormek, mi hija se casará contigo.

–Me alegra su noticia, señor. Le aseguro que la haré muy feliz.

La alegría de Ormek duró muy poco, porque al instante Yoyja llega armada de valor y frente a su padre le dice a su amigo:

–Ormek, lamento no complacerte. Simplemente eres mi amigo. Nunca te he mirado con otros ojos que no sean los de una amiga fiel.

El joven calla. La actitud de Yoyja lo desarmó y siente una profunda herida que le traspasa el alma. Era la ilusión más grande de su vida y al verla truncada se siente desdichado e impotente. Las palabras no salen de su boca. Siente que el Cosmos se le viene encima; se siente aplastado, mientras su ilusión agoniza. Baja su cabeza, se pone de pie y con respetuosa reverencia se despide. Camino a su casa siente la angustia más grande que joven alguno haya podido sentir y lleno de pena determina:

Buscaré la manera de olvidarla. Me costará mucho, pero trataré de aceptar los designios de mi cruel destino. Hoy mismo trataré de enterrar este amor en lo más profundo de mi alma. Buscaré mil maneras de olvidarla. Creo que tal vez no pueda, pero guardaré mis anhelos en una fosa profunda, muy profunda, para que no lleguen allí ni los recuerdos.

CAPÍTULO IV
INESPERADA DECISIÓN

Estar en el tiempo sin estar;
vivir sin vivir,
pero con esperanzas.

A l quedar a solas, más que ofendido SurQ se acerca a su hija y enojado la aborda:

–Yoyja, quiero saber por qué te niegas a casarte con Ormek.

–No puedo hacerlo, papá –responde ella.

–Te exijo una explicación –exclama irritado SurQ.

–Jamás podré amarlo. Mi corazón pertenece a otro hombre –explica Yoyja.

–Me estás desobedeciendo. No te imaginas a lo que te expones.

Ante la insistencia del padre, Yoyja lo enfrenta comunicándole nueva vez que nunca podría amar a ese joven. El padre se sintió más que herido. En su mundo ningún hijo se atrevería a desobedecer de esa manera a un padre. Allá había leyes establecidas respecto del matrimonio. Los padres disponían el casamiento y los hijos debían obedecer. Era grande su ofensa. En él creció un negro sentimiento. *La historia se repetirá. Haré lo que hizo mi abuelo con mi tía Zunlem.*

Al día siguiente, desde que amaneció SurQ caminó por la orilla del mar hasta llegar al Templo Ha´gar Qim. Fue uno de los primeros y el principal templo construido en Malta, sobre los acantilados del Sur, en el año 3000aC. Era majestuoso. Tres grandes cúpulas sobresalían formando un perfecto lineamiento con las estrellas Alnitak, Alnilam y Mintaka, de forma tal que todo el que llegaba a Malta lo primero que observaba eran esas tres cúspides como tres regias estrellas construidas de un extraño mineral. Miraban hacia el cielo y hacia el mar a la vez.

Lleno de nostalgia entró al templo. Atravesó por los pasillos hasta llegar a la parte final. La presencia del apesadumbrado hombre rompe el silencio de aquel sacro lugar. El aire se enrarece, cargado de aquella fúnebre intención que hierve en el corazón de SurQ. Levanta la disimulada piedra que cubre la entrada al largo pasillo que lo comunica con el principal de los tres templos subterráneos, edificados debajo del pueblo de Tarxien. Se agudiza su dolor y lleno de amargura no aparta de su mente aquella idea que contiene la más cruel de las acciones. En lo profundo de su alma siente un descomunal dolor.

Hace un gran esfuerzo, pretendiéndose fuerte, y proclama: «Es el lugar propicio para cumplir con este deber». Se retiró a su casa. Todo transcurre en perfecta normalidad mientras espera la llegada de la noche. En la madrugada, sigilosamente atravesó el pasillo. La respiración de la joven Yoyja adormece el silencio de la noche. Como un vil ladrón penetró en su habitación y contempló el cuerpo dormido de su hija que, inocente y dulcemente, soñaba. Al mirarla SurQ, sella la condena para siempre. *¡Qué dolor tan grande taladra mi alma! Pero estoy obedeciendo los designios del destino.* Una inmensa angustia lo recubre. Sus labios tiemblan. Un frío sudor baña su frente; levanta desgarrada su mirada al infinito y de sus labios brota una oración dicha en un lenguaje no entendible. Con sus temblorosas manos levantadas al cielo, continúa en susurros el extraño rito que de inmediato hace su efecto, dejando a Yoyja en un estado cataléptico. Con gesto ceremonial toma el cuerpo inerte de su hija entre sus brazos y lo estrecha fuertemente en su pecho en señal de excusa y despedida.

Como una estrella en fuga se dirige hacia la parte principal del templo. Descubre la cámara que lo llevará al mismo centro del principal de los templos subterráneos de Tarxien. Sus pasos despiertan aquel sepulcral silencio que cubre la furtiva galería y en poco tiempo vence la distancia. Se concentra. Una potente energía lo asiste y con decisión rueda las dos grandes rocas de cuarzo blanco que cubren el acceso de tan sagrado lugar. Más allá del primer par de ábsides se encuentra una cobertura tallada en fino mármol y cuarzo rosado, donde el templo está más firmemente cubierto. El acceso visual parece haber sido limitado por portillos de losas decoradas por un alféizar de piedra sosteniendo un par de espirales opuestos. En el largo transitar por aquella cámara fúnebre, con lúgubres pasos penetra al lugar donde se siente la presencia de la Espiritualidad, la que incrementa el dolor de su inclemente acción. La presencia etérea de otros seres superiores es notable; se recrudece la ancestral costumbre con cada exhalación de aquel padre. Por primera vez en la Tierra se pone en práctica tal medida. Pese al dominio que muestra tener, su corazón late fuertemente. De pie en aquella ceremonia, como fiel soldado comienza el ritual. Coloca a Yoyja suavemente sobre una de las piedras, para poder rodar las dos que abrían el espacio donde iba a depositar el cuerpo inerte de su adorada hija. Un ligero susurro acrecentado por el dolor envuelve el sacro ambiente. Solo su accidentada respiración interrumpe el sepulcral silencio. Después de largo rato de contemplación en juiciosa reflexión, un paternal beso en la frente selló aquella enigmática y dolorosa despedida. En sagrado culto, rodó de nuevo las piedras, sellándolas de forma tal que perdurarían así por siglos. Se da la vuelta y toma el camino de regreso. Detrás de sus fríos pasos quedaba guardado en el más largo tiempo y oscuridad, el cuerpo frío y el espíritu vacío del alma de aquella inocente joven. Con el peso sobre sus hombros por la angustia más grande que pueda sentir persona humana, sale de aquel lugar que en tantas ocasiones había usado él mismo en ceremonia para comunicarse con otros seres superiores de su planeta. Con el alma rasgada por el dolor, llega a su casa y, apesadumbrado, se acuesta en silencio.

No pudo conciliar el sueño. Se levantó temprano. Esperó a su esposa en el comedor y, con lágrimas en los ojos, un sudor que emanaba a borbotones de su frente, huidiza su mirada y encorvada su espalda por el descomunal dolor, al verla llegar se abraza fuertemente a ella y le dice:

—Esposa mía, con pena te informo que acabo de aplicar a nuestra hija el castigo más cruel de la tradición que se designa en Alnilám en caso de desobediencia.

—¡No! ¡Dime que no es cierto! —exclama la madre llena de dolor.

—Sí. Lo hice cumpliendo las leyes, pero recuerda que sé lo que sucederá pasado el tiempo.

Esta justificación no calmó la angustia de la madre. Su alma, desgarrada, dolía.

Mecidos en el silencio brotan sus recuerdos dibujados en los acantilados que sostienen el Templo y sorda, la brisa moja el crepúsculo que duerme bajo mantos desvalidos. Una negra sombra cubrió la familia. Abrazados lloraron el hecho insólito sucedido, acatando las costumbres de su raza. Y no solo la familia se enlutó, sino que a todo el pueblo lo vistió una espesa nube de desconsuelo.

El tiempo pasa. El afligido padre con frecuencia va al templo Ha´gar Qim. Con su mirada y sus manos elevadas al cielo, entona canciones que llegarán al corazón de su hija y pasa horas y horas mirando el mar, queriendo mitigar su angustia que realmente toleraba porque tenía el conocimiento de lo que luego sucedería. La brisa toca finas melodías al chocar con los acantilados y pocos malteses logran interpretar esta sinfonía de espuma y de batir de olas. Se oyen sonidos de diferentes instrumentos que salen del Templo, armonizando las canciones y rompiendo el silencio de cada noche. Las olas del mar chocan con los acantilados lamiendo el dolor que, a pesar del tiempo transcurrido, permanece intacto. El pueblo maltés no ha olvidado a la joven Yoyja y mucho menos su familia, ni su padre, quien vive sumido en una honda pena que le ha robado la paz. Lo acontecido con Yoyja y la ausencia de Somell, su querida esposa, quien murió de pena después de unos días de lo sucedido a su hija, hizo que SurQ enfermara de dolor.

Una inmensa tristeza se apodera de su corazón. Noche tras noche la pasa observando las estrellas con las que conversa abriéndoles su alma y saciando con ellas su sed de llorar. *No soporto este sufrimiento. Lejos* de *aquí tal vez logre mitigar un poco este dolor tan grande que destroza mi alma.* Este pensamiento lo seguía día y noche, y una de esas noches, acompañado por tres de sus compañeros, sin que nadie pudiera evitarlo el cielo maltés fue testigo de la partida de aquella nave que, después de compartir tanto tiempo en esas islas y tras haber plantado sus indelebles huellas dejando transformado aquel lugar, alzaba el vuelo en retorno a su lejano mundo. El pueblo maltés, enlutado con la ausencia de aquel hombre que dirigió con amor, entrega y sabiduría la transformación de su cultura, lloró su partida amargamente. Los compañeros de SurQ que quedaron en la isla, al poco tiempo hicieron lo mismo, dejando en Malta gratos recuerdos y un haber cultural que haría famoso para siempre al pequeño archipiélago.

Malta, Gozo y Comino se convirtieron en las islas más preciadas de la historia en ese entonces, por sus famosas construcciones de templos, palacios, monumentos, castillos. Los raíles y carruajes surcaban las ciudades, especialmente La Valeta. Esto era una fiel muestra de que en el amanecer de la humanidad, hombres extraños venidos de lo alto dejaron huellas que indudablemente hicieron de este archipiélago uno de los pueblos más fascinantes. Así fue que Malta, con el paso de los siglos, se convirtió en la isla más apetecible para todos los pueblos conquistadores.

CAPÍTULO V
DESPERTAR

Dormida en el tiempo
despierto,
para tomar el rumbo deseado.

Aquellos monumentos megalíticos eran ostentosos. Los regios acantilados, dormidos en las brumas del tiempo rumiaban envueltos en llamas toda la opulencia que coronaba a Malta, Comino y Gozo. En el templo Ha´gar Qim, las olas persisten en abrazar los acantilados que, celosos, resguardan **aquel viviente tesoro** con rezos de perdurable letanía, como fieles vigías que cuidan la más preciada joya. La brisa mediterránea, en mágico despliegue susurra con garganta ronca la vieja melodía que encarna el sentir de la bella joven, plantando huellas en el tiempo y alabando el misticismo de aquel sagrado Templo. En húmeda sombra los altares habían permanecido intactos ante las intrigantes miradas invasoras que, sin saber por qué, solo se deleitaban observando tan excepcional construcción que dejaba al descubierto la intervención de las manos de alienígenas. Al final del pasillo, un altar elevado más allá del primer par de absidiolos, antes del ábside especial, imponía una fuerza ancestral intolerante ante el intento del mínimo sacrilegio.

Ese amanecer, la claridad del cielo se hizo inmensa. La brisa canta en sinfonía al compás de las olas que golpean los acantilados que sostienen el megalítico templo de Ha´gar Qim. Un azulado rayo llega del infinito y se posa en círculos, girando al unísono de una música celestial que envuelve aquel sacro lugar. Siglos de inercia recobran movimiento. Una figura guardada por siglos, lentamente, como en acto de magia, comienza a moverse. Dos hermosos ojos color de miel levantan sus pesadas pestañas, abriéndose en pausada lentitud por el largo letargo en que habían permanecido. El movimiento de sus extremidades anula la milenaria rigidez que mantenía en aquel estado su cuerpo inerte. Inclina su cabeza y, con suma facilidad, sus manos levantan aquellas piedras entrelazadas que por siglos habían encubierto su presencia en el lugar. A pesar de su obligado aislamiento, siempre percibió todo lo que pasaba en el Templo que majestuosamente posaba en lo alto de aquella colina que acechaba al mar.

Levantar la piedra con tanta facilidad hace que a su mente llegue el recuerdo de aquel día, cuando un soldado romano, por mera curiosidad, intentó poner sus manos sobre la piedra que sellaba su tumba y un rayo lo lanzó al suelo dejándolo casi muerto. Desde ese día nadie se atrevió a acercarse a ese sagrado lugar. Sigue aflorando a su mente todo aquel tiempo vivido al lado de los suyos. Un retroceder al pasado la envuelve. *He vuelto a la vida.* Recuerda lo que su padre hizo con ella aquel día.

Fue un súbito despertar. Cual reluciente flor que nace en el amanecer de la primavera, extiende su mirada y se incorpora. Mira que debajo de ella hay una pequeña caja que de manera inconsciente toma en sus manos para llevarla consigo como si fuera un amuleto. *Esta cajita me da cierta tranquilidad. La siento como algo muy importante en mi futuro. La llevaré conmigo.*

Reconoce el lugar a pesar del tiempo transcurrido. Al instante, su yo interior le responde y su mente vuela al lejano pasado: *Mi madre, mi padre, los demás; el ambiente.* Todo llega a ella con diáfana claridad. Con pasos resueltos cruza el estrecho pasillo. *Estoy en el Templo Ha´gar-Qim.* Su mente recorre al instante los hechos vividos en su pueblo en la vida pasada. Todo está acabado, solo queda latente en su corazón aquel sentimiento por el que fue castigada. ***Lo amo. Voy en su búsqueda.***

Al salir del Templo, la naturaleza cómplice se abre espléndida y radiante para unirse al gozo que ha producido este inusual acontecer. Es la resucitación de la hermosa Yoyja que llega al mundo por segunda vez.

Ella mira el corazón del terruño que la ha visto nacer dos veces, la isla de Malta, que luce orgullosa al mantener en su seno los vestigios de lo que fue aquel tiempo cuando estuvo en ella el intrépido Capitán SurQ y sus compañeros. Visualiza semidormidas las playas y el Lago Azul de la Isla de Gozo. Todo aquel ambiente está transformado. En cada rincón ve las cicatrices que el tiempo recorrido le había producido a las cosas que ella conocía. Fluye su infancia; su pecho tiembla de emoción. *¡He vuelto! ¡Estoy aquí!' Mi querido pueblo aún guarda las huellas que plantaron mi padre y los suyos. Siento una gran nostalgia, pero tengo trazado mi destino. Voy hacia él.*

Como crisálida convertida en mariposa recorre cada lugar. La llegada de la luz dibuja los acantilados que sustentan los megalíticos templos. En sordera el silencio moja la falda de la noche que ya se marcha. Mira cada rincón. El mar sonríe ante su presencia y con sus agitadas aguas envueltas en espumas, la saluda salpicando su cara con felices gotas que la besan llenas de contento. Su mirada extendida sobre el mar recorre la distancia; crece la emoción; se enciende el deseo, y encamina sus pasos hacia la playa que la espera ceremoniosamente.

La brisa se alborota; descompone sus cabellos que en sumisión cubren aquel alargado cráneo, muestra indeleble de su descendencia. Con el rostro bañado por las finas gotas de las olas, su pelo en rizos y vestida de satisfacción, recorre con filosa mirada la costa y decidida camina hacia el Este, acercándose a una canoa que la espera alegremente. Le sonríe. Sube. Con sus suaves manos la acaricia. Toma los remos para iniciar la más insólita de las hégiras. En su mente no hay obstáculos, ni distancia, ni tiempo. Solo una firme decisión: llegar a esas tierras soñadas; tierras donde le espera la verdadera felicidad. *Voy hacia allá; es la culminación de mi destino.* Levanta su mirada al cielo pidiendo a los suyos protección. Con un profundo suspiro inicia el camino.

El inmenso mar es su cómplice. Dirige sus vientos en dirección al Sureste y va hacia el logro de su gran meta: llegar a ese país predestinado para ella desde antes de su nacimiento. El enigmático bote transporta en su seno a tan hermosa ninfa cuyos ojos color de miel escudriñan los espacios, procurando que no se aparten del camino trazado. Sus carnosos labios entreabiertos dejan fluir de vez en cuando un rezo de conformidad y satisfacción. *¡Llegaré pronto! ¡Será fácil la travesía!* A corta distancia de ella se enfila un grupo de amigos delfines, y como quien custodia a su reina, la encaminan realizando en rítmico nado sus finos chasquidos, acompañando a Yoyja durante todo el camino envuelta en armoniosas canciones.

El sol se apresuró en llegar. Es su fiel compañero de viaje y la vigila en constante desvelo. En su andar se aleja feliz con la esperanza de alcanzarla al otro día. Es una ronda. La noche apacible la cubre con su sombra mientras despeja el Cosmos para que las estrellas conversen a sus anchas con ella. *¡Cuánto tiempo había pasado!* En ansias desmedidas se encuentran y un fuerte abrazo las une nueva vez.

«He vuelto, por fin» expresa en murmullos Yoyja, mientras sus ojos se clavan en la inmensidad. La luna, que rota se acerca, festeja con sonrisas dando la bienvenida a su fiel amiga y con sus aplausos despierta el mar que plácido dormía al arrullo del horizonte. Se cubre de risas su cara cada vez que se asoma, en regocijo, un nuevo amanecer. El sol, presuroso, se aproxima a saludarla y ella, plácida, extiende su mirada para recibirlo.

La larga travesía avanza. El día quinto, una embarcación asoma a la distancia. Viene en rumbo contrario a Yoyja y va hacia el Oeste; tiene prisa en llegar y se dirige precisamente a la encantadora isla de Malta. Sus velas ondean y como grandes aves marinas rompen aprisa el aire. Malteses que regresaban de un lejano paseo; otros que iban a intercambiar ciertos artículos y la mayoría que, entusiasmados, iban en pos de conocer la famosa isla de Malta. La presencia de la embarcación no inmuta a la joven; no le teme a nada. Se basta con los poderes heredados de su padre. Se produce el encuentro. Los tripulantes de la embarcación, al ver en medio del inmenso mar aquel extraño bote, se quedan pasmados y se aglomeran en la proa para contemplarla. Es un frágil bote de forma alargada, hecho de papiro. El asombro es tal que la guardia de la embarcación y el mismo capitán se sienten intimidados. El capitán intenta desviar un poco el rumbo para acercarse más al raro bote. Mientras más se acercan, más lejos lo ven, y una fuerza salida del pequeño bote los manipula. No entienden cómo, remado por tan frágil mujer, el bote aún no ha perecido con los embates del bravo mar. Asombro y carcajadas salen a la vez de los tripulantes de la embarcación cuando logran acercarse. Uno de ellos busca una red y dice: «Observen bien lo que voy a hacer. Trataré de asustarla».

No bien levanta la red cuando del pequeño bote salió un rayo que desapareció tanto la red como las intenciones del atrevido marino. Boquiabiertos, todos se preguntaban qué sucedió ante sus propios ojos.

–¿Qué pasó? –se preguntaban llenos de temor.

–¿Cómo pudo un rayo tan potente salir de ese pequeño bote? –pregunta asombrado el Capitán de la embarcación.

Uno de los tripulantes le responde:

–Capitán, creo que eso solo se pudo hacer con magia.

–No entiendo –y prosigue–: Debemos ser cuidadosos. Hay que alejarse. No me gusta lo que pasó.

Un gran pavor se adueña de todos y sumisos bajan sus cabezas en actitud de reverencia hacia el pequeño bote que seguía su ruta en rítmico remar como si nada hubiera sucedido. Los delfines que la custodian, como castigo a la osadía del marino, derraman chorros de agua sobre los intrusos.

Era larga la ruta pero, el bote, empecinado en romper la distancia, avanzaba sin dificultad empujado por la intrépida escolta de animados delfines que a la vez rompían las olas del mar con sus finos cantos.

Así pasaron los días y las noches. Yoyja, envuelta en la felicidad de la aventura, celebrara el clarear de las mañanas y el oscurecer de cada noche cuando el sol se escondía.

CAPÍTULO VI
RECIBIMIENTO

Al calor de un abrigo
desbordado
en atenciones.

Ese especial amanecer el sol llegó más temprano que nunca, despertando una inmensa alegría. Se vislumbró la esperanza en el rostro de Yoyja. Su mirada extendida penetró hasta el horizonte bañado de espejismos que, en picardía, le sonríe. Los delfines se despiden en rítmico aleteo. Yoyja rema con entusiasmo y entrega. Sus delicados brazos se mueven esforzados como aspas a su mayor capacidad. Y fue cayendo la tarde cuando sus grandes ojos color de miel alcanzan a ver la tierra y una inmensa ría bañada de luz y fertilidad, que como puerta se abre permitiéndole la entrada.

El corazón de Yoyja palpita acelerado. Es inconmensurable la emoción que la invade. Se pone de pie. Levanta su mirada al cielo en actitud de comunicar: *He llegado.* La alegría, estremece su cuerpo y, dilatados, sus ojos ven disminuir la distancia al marcharse junto al sol. Lentamente llega la incipiente noche. Apaciguado el movimiento de las aguas, la feliz joven se da cuenta de que navega en un hermoso río. De repente, la cajita que lleva a su lado se desliza llamando su atención. *Sí. Es la ría del Nilo. Tengo crecidas las ansias de llegar* y *se desnudan en mis adentros las huellas de la espera de aquel amor que me devora.* Su sonrisa deja escapar el más profundo suspiro que ha salido de su corazón y continúa navegando como quien va llegando a casa. La brisa acaricia las palmeras. Sus ojos se deleitan mirando fulgores de luces que a lo lejos le dan la bienvenida. La tranquilidad imperante y la felicidad de haber llegado, la someten a un sopor en el que, inconsciente, duerme toda la noche hasta ver aparecer los rayos del sol que sonrientes iluminan aquel mágico lugar, mostrando sin recato la belleza del entorno en todo su esplendor.

El nuevo día pone al descubierto la exuberante vegetación fértil y húmeda que cubre la franja de cultivo del valle del Nilo. Apreciando la belleza del lugar, se sorprende cuando ante sus ojos aparece el frondoso árbol que ya conoce. *Aquí está él. Me persigue y me cuida, según lo prometido.* Es el sicomoro, árbol sagrado de los egipcios, vestido con túnicas de tupidas copas ramificadas, llenas de pequeñas flores verdes y coloreados pequeños frutos. Inclina su ramaje dándole una reverencial bienvenida y entre sus hojas, un intermitente mensaje rezaba: **«He abrazado el sicomoro y el sicomoro me ha protegido. Las puertas de la Duat me han sido**

abiertas». Yoyja, estremecida de emoción, comprende aquel mensaje que llena su alma de felicidad y en su aguda mente, contempla su devenir.

Avanza en medio de aquel ancho y largo río que la sostiene entre sus brazos. Sus tranquilas aguas bailan reverenciando su llegada con cristalinos murmullos. Hermosos sembradíos de variadas plantas medicinales, alimenticias; árboles, arbustos, palmeras, datileras, higueras, flores de loto, mandrágoras, entre otros, que al compás de la brisa armonizan el ambiente en pleno deleite. Debajo de las sombras de los sicomoros, las gentes se refrescan solazadas. Algunas viviendas enseñoreadas con su belleza llaman la atención por sus estanques y jardines. Frondosos árboles llenos de flores y frutos eran cuidados con esmero. Consideraban que era estrecha la relación entre las hojas de los árboles y la evolución de la vida del hombre; el árbol, con sus raíces en la tierra y su copa mirando al cielo, establecía un vínculo estrecho entre Geb, dios de la tierra, y Nun, dios del cielo.

El río, plácido y sumiso la moja en besos y a través de sus suaves ondas envía la buena nueva a todo el paisaje. La vegetación sonriente la saluda en compañía de la brisa que besa su cara mientras el río la desliza suavemente. Bailan las palmeras y también las datileras; las arenas en vuelo se postran frente a ella. Yoyja está maravillada ante todo esto y al oír el canto de los pájaros una inmensa tranquilidad invade su alma. No cabe más felicidad en su pecho. Es una fantasía de primavera. Un profundo suspiro sella la emoción y se encamina con rapidez. Ha llegado a su deseado destino. Ante ella se arrodilla la regia ciudad de Lúxor, albergue de los ostentosos faraones. Su padre le había contado sobre la relación que tenía con ellos. No necesitaba hacerse la idea sobre cómo eran, pues en diversos sueños había visitado aquel lugar.

El clima era agradable y la brisa empujaba el barco de tal manera que la distancia se hacía imperceptible. Estaba en la margen occidental del gran río Nilo. Después de cruzar la ciudad, recuerdos sembraron algo de nostalgia en su corazón porque algunas edificaciones tenían cierto parecido a la de la ciudad donde había nacido. Asoma un precioso lugar lleno de vegetación. Su corazón da un salto y le señala un *Aquí es.* Detiene la marcha. Se incorpora para observar mejor el paisaje, mientras la brisa besa su cara y alborota su cabellera que danza, deshaciendo sus rizos.

Es un momento emocionante. Extiende su mirada hacia los alrededores. *Sí; este es el lugar.* Cae de rodillas y elevando su mirada hacia lo alto, da gracias a su dios. En ese instante, como en un acto de magia, la pequeña caja, fiel compañera de travesía por el Mar Mediterráneo, se abre dejando al descubierto un traje egipcio que Yoyja toma y lo ajusta a su cuerpo.

El paisaje es diferente al de su isla. Penetra su mirada y contempla, a lo lejos, aquel lugar donde la arena en vuelo forma nubes que desean llegar a ella para abrazarla, mientras las palmeras y datileras despiertan mecidas en arrullos. En su alma reposa la tranquilidad. Un profundo sentimiento la embarga. *Ya por fin esto*y *aquí*. Se agitan sus deseos mientras su mente contempla el próximo futuro que ya aflora en los dinteles de las casas. Inesperadamente, una voz la retrae de tan profundo ensimismamiento:

—Buenas tardes.

—¡Hola! —le responde a secas.

—Baja para que descanses —le dice la joven mujer.

Un poco turbada, Yoyja le responde:

—Sí, gracias.

—Soy Rialmer. ¿Y tú, quién eres?

—Yoyja.

Con destreza baja del bote y pisa por primera vez ese suelo que desde siempre había añorado, aún sin conocerlo. Luce regia e imponente con su nueva vestimenta. Su túnica de lino azul y fajín rosado se complementan con un turbante en su cabeza. Parece una dama egipcia proveniente de la alta sociedad. Al verla así, Rialmer piensa que es una importante viajera que regresa de otro país. La voz de Yoyja interrumpe sus pensamientos:

–¡Qué bello es este lugar!

–Sí, así comentan muchos –responde Rialmer mientras se acerca y la recibe, con sus manos extendidas. Siente la sensación de abrazar a una vieja amiga que regresa de un largo viaje. Es el inicio de una incipiente amistad que perdurará para siempre. El atardecer, testigo de tan emocionante encuentro, sonríe complacido.

–Debes tener hambre. Ven. Vamos a casa; aún no se ha servido la cena.

–Te lo agradezco. Necesito comer y reponerme de tan largo viaje. –expresa Yoyja, radiante de alegría.

Se dirigen a la casa mientras conversan como si fueran dos viejas amigas. Rialmer se siente atraída por la energía que emana de Yoyja y murmura:

¡Qué hermosa joven! Hay en ella una bondad manifiesta en su mirada. ¡Y es tan raro su nombre!.

–Esta es mi casa. Entra –le expresa complacida.

–Gracias. Eres muy amable –manifiesta Yoyja, llena de emoción.

Yoyja se siente a gusto con las atenciones prodigadas. Agradece y saluda a Hanken, esposo de Rialmer, quien le da la bienvenida. Besa al pequeño niño que inocente corre a su encuentro. Curioso y cariñoso, tiene apenas cuatro años.

Sentados a la mesa, la conversación fluye y se extiende. Yoyja les cuenta que llegó de un país lejano. Les habla de sus costumbres, sus paisajes y su gente. La velada transcurre amena. Yoyja se muestra complacida y convida a la pareja:

–Es noche de luna y estrellas. Miremos el cielo.

–Sí, vamos. Subamos a la terraza y allí podremos apreciarlo mejor –invita Rialmer, contagiada de entusiasmo.

El manto de estrellas es todo un espectáculo. Yoyja lo contempla satisfecha y un profundo suspiro le susurra en sus adentros. *Por fin he llegado a mi destino. Tengo en mis manos mi espíritu, para colocarlo en este paisaje que ya es mi hábitat.*

Al día siguiente, Yoyja se levanta temprano. Está ansiosa por conocer el entorno y aspirar el ambiente. Sale de la casa y extiende su mirada en derredor. Ve pasar a las personas que se dirigen a sus labores. Aprecia cada una de las actividades cotidianas que la ciudad le presenta. *Recuerdo esos deportes; los practicaba casi todos con mi padre desde niña. ¡Qué emocionante fue aquella tarde cuando gané el primer lugar en un torneo de natación!* Está entregada por completo a su íntimo monólogo, la interrumpe su nueva amiga:

–¿Dormiste bien?

–Sí, muy bien. No desperté durante toda la noche –responde Yoyja.

–Era necesario. Tuviste una larga travesía. El desayuno te sentará bien –añade Rialmer.

La mañana transcurre salpicada por la conversación entre las amigas. Rialmer le explica sobre las principales costumbres de su pueblo. Yoyja va captando todo y con su imaginación contempla cada una de las descripciones que Rialmer le presenta. Aquel vestido clásico de paños cortos, dejando al descubierto las rodillas de las gentes. Los trabajadores vestidos de forma práctica y tradicional: calzón de corte recto sostenido por un cinturón ancho, no bordado ni con adornos; en algunos casos, algunos siervos con faldas plisadas de lino. Pastores con ropas de piel de animales y a veces una simple faja o trozo de tela que colgaba de la parte delantera. Las sirvientas iban a menudo desnudas, con cintas de cuero que pasaban entre las piernas. Los hombres usaban una especie de falda o faldellín, confeccionado con una tela cuyos extremos se anudaban hacia atrás, a la altura de la cadera, o largo hasta las rodillas, pegada al cuerpo. Las mujeres vestían con esmero; cuidaban cada detalle de su apariencia. Empleaban telas de lino o de algodón, variadas según la categoría social a la que pertenecieran. También se usaba la seda y la lana para hacer abrigos. El color primordial era el blanco y los demás colores, en tono pastel. Se adornaban con variados accesorios y a veces se ponían pelucas porque tanto el hombre como la mujer acostumbraban rasurarse la cabeza. En ocasiones, las pelucas lacias, trenzadas o rizadas se usaban como elemento de seducción, con una finalidad erótica. Calzaban sus pies con sandalias elaboradas de hojas de palmeras, juncos o papiro. Estas debían ser livianas y frescas. Eran esmeradas también con el maquillaje. Se perfilaban los ojos con kohl; se colocaban polvos de sombra verde y se dibujaban figuras geométricas en las mejillas. Se pintaban los labios de rojo y depilaban sus cuerpos con hojas de bronce. La mujer egipcia llevaba prendas largas, desde el hombro hasta el tobillo. Se arreglaban las manos y los pies; combatían las estrías con aceites especiales durante el embarazo y era común practicarse cirugías estéticas.

No solo se encargaban de la casa y de los niños, sino que podían ejercer varias profesiones: empleadas en las casas ricas, nodrizas, panaderas, tejedoras, agricultoras, cantantes, músicas, bailarinas, sacerdotisas, médicos, pero no podían desempeñar ningún cargo público. Las bailarinas de los templos, los acróbatas y los trabadores, a menudo llevaban calzones como los hombres o a veces solo delgadas tiras de lino. Tenían los mismos derechos que los hombres en algunos aspectos. Si una mujer cometía un delito recibía el mismo castigo que el hombre, excepto si estaba embarazada; en ese caso le guardaban el castigo para cuando diera a luz. Si era maltratada por su marido, podía denunciarlo y lo juzgaban en un tribunal. En caso de separación, favorecían a la mujer y a los niños. Casaban desde los doce o trece años y la maternidad era encomendada a la diosa Isis. Al contemplar todas estas disposiciones que favorecían a la mujer, el corazón de Yoyja tembló de alegría. *Me gusta así.*

El maullido de un gato la llena de nostalgia, pues recuerda a su fiel mascota Mote, el que durmió a su lado la última noche que vio a su padre. Pero Rialmer continúa su instrucción. Aquí en Egipto los gatos fueron domesticados hace más de cuatro mil años. Era un animal sagrado. Cuando el gato de una familia moría, todos los miembros de la familia se afeitaban las cejas en señal de luto, hasta que le crecían de nuevo. Si una persona mataba a un gato, lo condenaban a muerte. Al principio los gatos fueron usados para proteger las casas, después se convirtieron en dioses. En las expediciones de caza usaban gatos en vez de perros. Erigían estatuas a los gatos y creían que esas estatuas ahuyentaban a los espíritus malignos. La diosa Bast era una mujer con cabeza de gato y la diosa Bastest era como un gato. Cuando estos animales morían, eran momificados. Los egipcios adoraban también como a un dios al cocodrilo y los leones eran mascotas propias de la realeza.

A la mayoría de los nobles les gustaban los deportes: lucha libre, pesca, salto de longitud, natación, tiro con arco, pesa y atletismo. Reyes y príncipes asistían a estas competencias deportivas y alentaban a los equipos. Tenían establecidas sus reglas, aplicadas por árbitros neutrales que vestían de uniforme. Los jugadores, tanto el ganador como el perdedor, recibían preseas: el ganador, un collar como premio a su superioridad y el perdedor, un collar por su espíritu deportivo. *Recuerdo una vez, cuando tenía ocho años. Gané una competencia y mi padre me puso una corona, diciéndome: "Para que continúes esforzándote más".*

Los deportes más practicados en Egipto eran: el hockey, que se jugaba con una rama de palma doblada; una pelota de fibras comprimidas de papiro, teñida de varios colores, cubierta por dos piezas de cuero en forma circular. La pesa se realizaba con un pesado saco de arena. El juego consistía en levantarlo y mantenerlo arriba. El maratón, que era una caminata por la ciudad alrededor de los templos, encabezada por el mismo Faraón junto a los nacidos ese mismo día. Jugaban la jabalina, especie de lanza que era impulsada hacia arriba; el que lograra alcanzar el punto más alto, ganaba. La natación era el deporte más practicado. Se practicaba en el río Nilo y en las piscinas de los palacios. La pesca la practicaban tanto reyes y príncipes, como también los plebeyos.

Rialmer invita a Yoyja a conocer la ciudad. En el paseo, Yoyja confirma con sus ojos lo que su corazón hacía tiempo le mostraba a través de la imaginación. Su mirada se extiende hacia el desierto. Ve correr las nubes detrás de las lluvias de arena que bailaban en el desierto. Observa cómo se mecen las palmeras, dejándose llevar por la brisa, y ve danzar las dunas que provocan los vientos.

Sentadas a orillas del gran Nilo, las dos amigas contemplan el fluir del río, cuyas cantarinas aguas se deslizan vistiendo sus riberas de luminosos prismas. La mente de Rialmer corre al pasado y le pregunta a Yoyja:

–¿Te has fijado cómo soy de aferrada a este río?

–Sí. Lo noté desde el instante en que llegamos –asiente Yoyja.

–Él es mi fiel amigo; es como si fuera mi verdadero padre –afirma llena de una emoción incontenible y prosigue:

–Tengo mis razones para quererlo así. Te contaré la historia de mi madre, cuando mi abuelo descubrió que estaba embarazada de mí. Es una triste historia, pero es mi propia historia. Una tarde, su padre, como otras tantas veces, estalló lleno de rabia y de dolor:

–No soporto más esta situación. Tengo rota el alma y no sé qué hacer. Jamás entenderé por qué cometiste tan vergonzoso hecho, haciendo caer a la familia en tan grande deshonra. Somos la comidilla del pueblo –dijo levantando la voz mientras su dedo acusador le enrostraba el hecho. Aterrorizada mi madre, su cara reflejó el miedo que la invadía. De sus ojos brotaron gruesas lágrimas nacidas de la más profunda vergüenza, mientras inconscientemente posa sus finas manos sobre su abultado vientre, acariciándolo con el amor que solo una madre puede tener. Tímidamente abre sus labios y expresa con angustia:

–Padre, le ruego que me perdone. Reconozco mi error y mi debilidad. Él me engañó. Me dijo que no era casado y que yo era su único amor. No se imagina cuánto habría dado por evitarle este sufrimiento.

Implacable, el enfadado padre la interrumpe y con firmeza le restriega nueva vez su debilidad por el error cometido. Cada palabra del ofendido padre es un puñal que traspasa su alma. En enjambres cruzan los más terribles pensamientos por su mente. *¿Cuándo terminará este suplicio? No puedo volver el tiempo atrás. Dame valor mi Dios.* Sale de la habitación en busca de aire fresco, pues siente que se ahoga. Estalla en sollozos y corre rumbo a su habitación, la que era testigo de todos sus momentos felices y ahora de su gran desventura. Sentada al borde de la cama, da rienda suelta a su dolor y en levantando su cabeza, mira hacia el cielo: *Ya me falta poco; trataré de aligerar* la *carga que pesa sobre los hombros de mi familia.* Nostálgicos suspiros ahogan su garganta y en su honda soledad, vaga por senderos desconocidos en los vericuetos de su alma. Una espesa sombra se adueña de sus pensamientos. *Así lo haré; ya lo decidí.*

Sumergida en su tristeza, acostumbraba cada tarde a trasladarse a la orilla del río, su gran confidente, con quien compartía sus goces, sus desvelos y agonías. Allí, sumida en la amargura del recuerdo, se traslada a aquellos felices tiempos cuando lo conoció. Había viajado en caravana a través del desierto, con amigos y familiares. Era hermoso el día. La arena del desierto brillaba al compás de la brisa que besaba las dunas. Admiraba la grandeza de una pirámide cuando lo vio por primera vez. Era un hombre muy apuesto. Vestía uniforme de soldado egipcio, con su falda corta, blanca, y un turbante sobre su cabeza. Como flechazo mortal, la atracción fue mutua. Se envolvieron en un tórrido noviazgo; ella ilusionada y muy confiada; él mezquinamente comprometido. Y, casi sin darse cuenta, se convirtió en amante para su amado y en vergüenza para sus padres.

Abrumada por la angustia y la desesperación y deshecho su afligido corazón, envuelta en pesares se encaminó hacia su fiel amigo, el río. Rota en mil pedazos su alma, atinó a llevarla entre sus manos.

Apenas tuvo fuerzas para confiarle: «Amigo Nilo, ya no tengo más fuerzas para llevar las cargas de mi alma. Sabes que eres el único en quien puedo confiar y solo tú me puedes ayudar». Presurosas las corrientes del río, oyen el gemir profundo de su corazón. Ella le comunica sus propósitos y oye el murmullo del río que susurra: «Tonya, no te angusties más. Te ayudaré». Larga y honda fue la conversación de los amigos. Pesadas lágrimas brotaban de sus ojos en afligido desconsuelo, aumentando el cauce de las aguas de aquel río que, compadecido ante tan decidida confesión, sollozaba. La luna, solidaria y entristecida, los atrapa con su hechizo y se convierte en único testigo de lo que allí pasaría. Un «hasta mañana» cierra el encuentro.

Desandando sus pasos, la angustiada joven regresa a su casa. Al abrir la puerta confirma la ausencia de sus padres. *Qué bueno que no están.* Se dirige a su cuarto; cierra la puerta y de rodillas exclama, con sus manos levantadas hacia el cielo: *Padre, te pido que me perdones. No tengo más opción. Soy tu hija fiel, pero el destino me ha jugado una mala pasada. Perdona mi decisión; es mi deseo liberarlos de la vergüenza y el deshonor. Sólo me consuela el poder salvar a esta inocente criatura que llevo conmigo en mi vientre.* El llanto baña sus mejillas y la noche transcurre entre furtivos sollozos que se prolongan hasta el amanecer. Se levanta resuelta y decidida y en su mente retoña la idea del día anterior. Su corazón da un vuelco. Intenta repasar todos los hechos, pero ya su decisión está tomada. Como de costumbre, la familia se reúne en el almuerzo. Su padre lucía más tranquilo, lo que calmó un poco el angustiado corazón de Tonya. Apenas probó bocado. Toma ceremoniosamente el café, sorbo a sorbo, y con el último sorbo exhaló un profundo respiro, preñando el ambiente de un final sin adiós. La tarde transcurre despejada. Cargada de nostalgias, paseó por el jardín observando las flores bien amadas. Los rayos del sol observan discretamente tan fiel despedida y, entristecidos, se desvanecen en pos de desaparecer la tarde. Con una fría mirada, Tonya recorre todo el rededor, llena de tristeza. *Aquí quedará mi sombra, bailando sutiles melodías con los rayos del sol cada vez que se despida la tarde.*

Una ligera señal alerta que ha llegado la hora. Su rostro se contrae. Esa tarde tenía crecida la espera; da media vuelta y se encamina, con pasos decididos, balanceada por el movimiento que provoca su abultado vientre. Con mirada lánguida, recorre lentamente su camino. El viento de la noche anuncia su llegada. Las ramas se inclinan; las rocas callan. A lo lejos la contempla su más preciado amigo: el viejo sicomoro que, entristecido, mece desganadamente aquellas ramas cuyas sombras tantas veces la cubrieron junto a su amado.

Una llegada más, pero especial, está inscrita en el papiro de lo insospechable. No es normal; no es natural: es brutal. Tonya se detiene frente a las aguas profundas de su amigo. El río, carcomida su esperanza, la recibe. Un invisible abrazo los reúne y de sus labios, un secreto lleva el viento que tiñe de dolor la oscuridad; un «cuenta conmigo» fue suficiente para que ella se sintiera más tranquila. Alza su mirada y con férrea decisión se lanza al torrente. Las aguas, como sábanas presurosas, arropan su cuerpo dirigiéndolo al fondo profundo. El desgarro se produce; arrecia el dolor matizado por el fluir del agua. Valientemente puja fuerte y, bañada de confianza, escucha la voz que resuena instando su bravura: «No desmayes; ten confianza; estoy contigo». En su delirio, acepta la ayuda de su amigo y se llena de valor. Un esfuerzo más y se produce el hecho. Un grito angelical rompe el místico silencio y a través de la distancia anuncia la llegada de aquella criatura que nace con un privilegio reservado solo para reyes, faraones y sacerdotes. Sublime acontecer que estremece el acuático universo ante el insólito hecho de presenciar cómo se entrega una vida a la muerte, para arrancar de los brazos de la propia muerte otra vida, para traerla a la vida. «Esa vida era yo», sentencia Rialmer empapada de nostalgia.

En la casa de mi madre notan su ausencia. Los familiares salen en su búsqueda. Desesperados, mueven todo cuanto está a su alcance con la esperanza de encontrarla. Los vecinos y los amigos emprenden una exhaustiva búsqueda. El paisaje, arropado por la oscura noche, arruga su frente entretejida de pesares. Fue inútil todo esfuerzo desplegado por la familia en busca del paradero de Tonya. Ningún rastro; ni una pista. Nadie encontró nada.

La brisa de la mañana siguiente saluda al sol vestida de alegría. Lejos de allí Sunty, como siempre, abre la puerta que da al patio de su humilde vivienda. Le gusta sentir el rumor matinal del viento que llega del Nilo, al que acostumbra bajar cuando rompe el amanecer. Prepara la infusión que toman en las mañanas. Su esposo no se levanta aún. Sunty camina hacia el río. Rompe el frío mañanero con su voz de ruiseñor. Despiertan las flores y entre el cantar de los pájaros y el murmullo del agua del río, olvida aquella imposibilidad de tener hijos que, aunque ha traído tristezas, nunca ha roto la armonía de su feliz unión con Abubakarç.

La ribera le depara una sorpresa. Encima de las hojas secas caídas de un sicomoro, Sunty observa algo indefinido que se mueve. *¡Estoy alucinando! ¡No puede ser!,* se dice sobresaltada. Curiosa se acerca y queda pasmada cuando ve que es una hermosa criatura desnuda, llorosa, hambrienta. Un beso tierno en la frente de la niña la consagra para otorgarle por siempre su derecho de madre con el más grande amor: el mismo que yo recibí desde mi primer día. Lágrimas de júbilo se agolpan en los ojos de Sunty. Está concedido su deseo y su maternidad al fin parió frutos. Toma a la niña en sus brazos y corre a darle la noticia a Abubakar. «¡Mira! ¡He aquí la respuesta de los dioses! La encontré bajo el viejo sicomoro a la orilla del río. La diosa Isis nos ha bendecido». Me coloca en los brazos de Abubakar, que aún no entiende, mientras busca algunos paños con qué cubrirme.

A pesar de que era una recién nacida, yo sentía en mi alma toda esa emoción, todo ese amor que brotaba de sus corazones y mi corazón también latía regocijado. Sunty y Abubakar fueron mis padres adoptivos. «Le pondremos Rialmer, que en la lengua del país de mi abuelo significa "traída por el río"», sentenció mi padre. Esa es la historia; mi historia. A veces mi alma se acongoja cuando la recuerdo pero mi corazón, agradecido, me trae de nuevo a la alegría.

Así vine al mundo. Me apena cuando evoco los tormentos que vivió mi madre en sus últimos momentos y su sacrificio para darme la vida. Soy dichosa y bendecida, porque mis padres adoptivos han sido maravillosos. Desde antes de nacer, el río ha estado muy ligado a mi vida y, desde que nací, ha sido mi mejor confidente, con quien comparto todas mis emociones.

Los dioses me han bendecido con el esposo que me dio; me ama de verdad. Lo conocí en Aswan. Es hijo de una familia de ricos mercaderes, educado bajo estrictos lineamientos militares. Nos casamos al poco tiempo de conocernos y sus padres me profesaron mucho cariño desde el momento en que me conocieron.

Nuestras bodas se celebraron aquí, a orillas del río. Lo quise así porque en verdad siento que él, el río, es mi padre. Esa fresca tarde, la magia de este lugar nos brindó su esencia. De los árboles colgaban miles de hermosas flores que adornaban el paisaje; los pajarillos se unieron al cantar jubiloso del río que, lleno de gozo, se vistió de sus más finas galas. Aguas cristalinas corrían presurosas, salpicando divertidamente la ribera todo el tiempo que duró la ceremonia. Se mostraban jubilosas porque apadrinaban el casamiento de quien nació en sus entrañas, como su hija. Fueron unas nupcias sin igual, donde el espíritu de mi madre, junto al de los dioses y la naturaleza, se presentó para bendecir nuestro amor y conceder que este perdurara para siempre.

–Sí, me he percatado de que ustedes son muy felices –agrega Yoyja, conmovida. Y continúa:

–¡Qué historia tan fascinante!

–Te contaré cómo lo conocí; fue algo extraño. Esa tarde la temperatura estaba muy alta y bajé al río para mitigar mi calor. Me sentía algo triste; no sé por qué. Sabía que de solo ver el río y acariciarlo me haría sentir mejor; me sucede con frecuencia. Los bañistas me veían y me decían muchas cosas, de esas que dicen los hombres a las mujeres. Me llenaban de piropos y cumplidos, pero no hacía caso a ninguno. El propio río muchas veces me ayudaba a ocultarme de la vista de esos intrusos, sumergiéndome en sus frescas aguas. Pero esta vez fue diferente. Me senté sobre una piedra. Soñaba con mi futuro y con las cosas que anhelaba. Fue cuando me di cuenta de que un joven me observaba fijamente. Su mirada firme y penetrante me hizo sentir intimidada y nerviosa. Rápidamente, volteé mi rostro tratando de ocultar que mis ojos también lo buscaban. Ágilmente caminó hasta mí y dijo:

–Hola, joven. Soy Hanken. Cuanto me place conocerla.

–Gracias –balbuceé muy confundida.

–La he visto varias veces y hasta hoy no me atreví a saludarle. Ya no pude seguir ocultándome. ¿Cómo se llama?

–Rialmer.

–¿Vive en los alrededores?

–Sí; nuestra casa está muy cerca. Es una vivienda muy humilde, levantada cerca del río. Está más abajo de este lugar.

Conversamos largo rato. Pasó el tiempo sin darnos cuenta y de pronto le dije:

–Debo irme. Mis padres desaprueban que hable con desconocidos.

Me marché rápidamente y sin mirar atrás. En mis adentros grabé en mi corazón el «nos veremos muy pronto» que salió, creo, de su corazón. No tardó en llegar a nuestra casa un hermoso carruaje. *¿Quién será?,* me pregunté, porque aquí no viene nadie de esa altura. Pero el destino me tenía reservada una sorpresa y fue cuando vi que él se desmontaba del carruaje.

–¿Y qué hiciste? –pregunta Yoyja, intrigada.

–Me turbé; no supe qué hacer.

Saludó respetuosamente y dijo:

–Perdona; vine sin avisar, pero me urge decirte que no he podido dejar de pensar en ti. Vine a verte, a profesarte mi amor y a conversar con tus padres.

Entonces me asusté; no pude contestar ni una palabra. En ese preciso instante mi madre salió de la casa y, extrañada dice:

–Buenos días, señor. ¿Qué se le ofrece?

–Buenos días, señora. Perdone el atrevimiento. Deseo conversar con usted y con su esposo.

Mi madre sonríe; percibe que estoy nerviosa y lo convida:

–Pase, señor, esta es su casa.

Conversaron largo rato. Yo, desde el patio, trataba de escuchar de qué hablaban. Me sentía ansiosa, aturdida. Oí la voz de mi padre, llamándome para integrarme a tan formal conversación. Mi padre, resueltamente comunica: «Rialmer, el señor Hanken nos ha contado su historia y nos ha pedido tu mano. Desea casarse contigo. Tu madre y yo creemos que él es un buen hombre y aceptamos complacidos que ustedes unan sus vidas».

Mi corazón latía apresuradamente. Sentí amarlo desde el primer encuentro y sin pensarlo acepté la decisión de mis padres. Un abrazo selló aquel momento y después de algunas semanas, nos casamos. Somos muy felices junto a nuestro pequeño hijo y nuestra única congoja es su delicado estado de salud; es muy enfermizo y cada cierto tiempo vuelven las crisis.

Yoyja la interrumpe y le dice:

–No te preocupes. Sé cómo curar a tu hijo. Se repondrá.

–¿Puedes? Sería para nosotros una gran bendición. Hemos hecho lo imposible y no hemos logrado que se cure.

–No temas. Ten confianza y ya verás –le asegura Yoyja.

CAPÍTULO VII
ENCUENTRO

Cuando la naturaleza
es cómplice y testigo del amor,
su fuerza brota y se extiende
como blanca flor de loto.

Las atenciones de Rialmer y su familia hicieron que Yoyja permaneciera con ellos y considerara esa su casa. Eran frecuentes las charlas animadas entre aquellas dos amigas, cuyos destinos se habían unido por misteriosos designios.

–Vamos al bosque. Debemos buscar el remedio para tu hijo.

–Sí, vamos. Te gustará este paseo. –le dice entusiasmada Rialmer.

Caminaron por el bosque admirando las plantas y las flores. De un frondoso árbol, Yoyja arrancó unas hojas y las mostró a su amiga. Regresaron a la casa y preparó una infusión que alivió bastante al niño. La presencia de Yoyja en la familia trajo nuevos aires de felicidad en el hogar. Cuando alguno enfermaba, con el poder que ella había heredado de su padre, curaba las enfermedades, pero en acto de humildad lo ocultaba y decía que sanaban por el efecto de la infusión de flores y hojas que preparaba.

Despertó muy temprano esa mañana. El sol asomaba tibiamente mientras la brisa, al rumor de las aguas del río, placentera comenzaba a soplar. Rialmer la saluda con efusiva alegría y le agradece:

—Yoyja, el niño ha mejorado mucho.

—Me complace tu noticia. Iré al bosque a buscar más hojas y flores para prepararle otra infusión.

—Es mejor que vayas ahora temprano; así en la tarde ya estará restablecido.

Yoyja se dirigió de nuevo al bosque; esta vez, donde era más espesa la vegetación. Caminaba entretenida con el trinar de los pajarillos que hurgaban el alimento para sus pichones. Conversaba con sus amigos, los árboles. Las flores la miraban curiosamente y complacidas, abrían sus pétalos para mostrarle dibujadas en las gotas de rocío la límpida mirada de sus ojos color miel. Se veía angelical. Sus castaños cabellos recogidos sobre su alargada cabeza y su vestido de diosa, la mostraban exquisitamente distinguida. Como mariposa tras el néctar, se mueve sigilosamente entre los árboles. Disfruta del aire puro y se dispone a meditar cuando voces desesperadas llegan a sus oídos:

—¡Vengan, que me mata! ¡De prisa!

—¡Aquí está! No lo dejen escapar.

Yoyja afina sus oídos y como gacela corre hacia el lugar. Embravecido, un feroz animal amenazaba con su fauces y sus garras, listo para atacar a un joven que, acorralado e indefenso, temblaba de terror al verse tan cerca del temible animal, enfrentando su muerte. Yoyja se acerca y clavando con firmeza su mirada en la enfurecida fiera, le ordena: «Tranquila, amiga. Cierra tu boca y márchate». La bestia obedece de inmediato y cautelosamente desaparece, internándose de nuevo en el bosque. Era la segunda vez que este joven se veía acorralado por la misma fiera, en el mismo lugar. Se incorpora sorprendido por lo que acaba de ver y le cuesta creer la manera sumisa en que tan fiero animal había obedecido a la extraña. Aún lleno de espanto, pregunta:

–¿Quién eres? ¿Cómo has logrado que te obedezca?

Ella, tranquila por lo sucedido, pero inquieta por aquella inesperada presencia, le responde:

–Descuide, joven. Lo importante es que esa fiera ya está tranquila.

El joven no sale de su asombro. *¿Quién es ella que, al igual que a esta fiera salvaje, también sobre mí tiene dominio? Así como la fiera, yo también me siento avasallado por su voz y rendido a sus pies.*

Los de la comitiva que acompaña al joven, también maravillados y sin entender lo sucedido, le preguntan con débil voz:

–Señor, ¿qué quiere que hagamos?

Yoyja aprovecha la distracción y se escabulle del lugar sin dejar rastro alguno. Al percatarse, autoritario e imperioso el joven ordena:

–¡Síganla! ¡Alcáncenla y, con cuidado, tráiganla!

Mientras el grupo se dispersa y se dispone la búsqueda de Yoyja, el joven no cesa de preguntarse: *¿Pero... quién es? Es tan hermosa, tan especial. ¿Por qué me parece que la he visto antes? ¿Por qué la siento parte de mí? ¿Qué me sucede? Nunca había sentido algo semejante.*

Nervioso e impaciente, no apartaba los ojos del lugar por donde había desaparecido la extraña joven.

La llegada de sus hombres, cansados y con las manos vacías, interrumpe su monólogo:

–Neeb Faraón, no la encontramos. Ha desaparecido. Es extraño. No nos explicamos cómo pudo huir tan rápido.

–Vuelvan a buscarla. Aquí esperaré.

Desde ese momento, la zozobra y la impaciencia acamparon en su corazón. En su mente se cruzaron toda clase de pensamientos. No entendía lo que le sucedía. A pesar de la desolación de su alma, algo muy profundo sembraba en él una semilla de alegría.

CAPÍTULO VIII
TRASCENDENCIA

En añoranzas y
desesperos,
nace el amor que trasciende.

En vano era la búsqueda. Una y otra vez los súbditos regresaban cansados, extrañados, alarmados. No podían explicarse cómo ella desapareció de aquel lugar. Habían recorrido varias veces el bosque, palmo a palmo. Parecía como si la tierra se la hubiera tragado.

Las esperanzas del joven Faraón se desvanecen, clavándose como filoso puñal en su corazón.

El silencio se apodera de sus palabras. Enmudecido, les da la señal de retirada. A solas con sus pensamientos, sus ojos entrecerrados buscan enloquecidos la imagen que lo atormenta. No valen los mil cuestionamientos; no hay cómo encontrar respuesta a este misterio. *Es tan joven, tan angelical, tan sabia. Es hermosa y tierna, como una flor. ¿Cómo pudo dominar a ese fiero animal, sólo con sus dulces palabras? Y, sin embargo, ¿qué aguijón clavó en mi corazón que me ha robado la paz de mi alma? ¿Cómo pudo desaparecer tan rápido?¿Adónde fue; dónde se oculta?*

Envuelto en mil interrogantes llega al palacio, cargando una angustia que, sumada a su escasa salud, mermó sus fuerzas haciendo que sus pasos fueran más difíciles que nunca, aún asido a su bastón. Se dirige a sus habitaciones. Tirado en la cama, cubre su rostro con sus frágiles manos, buscando de nuevo la imagen y tratando de rumiar el descontento que apretaba su garganta. Sumido en esta desventura lo encuentra una dulce voz de mujer que penetra al aposento:

–Hijo mío, te he buscado por doquier. Bajemos al salón. La cena está servida.

Ensimismado y distraído, no responde a las palabras de su madre Nefry, quien, como siempre, vela por él. Ajena a lo acontecido, se acerca para besarlo como acostumbra cada vez que él se va de cacería.

La caza era la mayor de sus fascinaciones. Desde muy niño, su padre, el Faraón Akhén, lo llevaba con él en cada partida. Le gustaba penetrar a la espesura del bosque y sentir la presencia fresca de los árboles. Al morir su padre, solía ir de cacería con su ejército privado.

En ese estado agitado en que lo encuentra, la madre se asusta. Alarmada, recuerda aquel día cuando un león hambriento lo atacó en el bosque, hiriendo gravemente una de sus piernas y manteniéndolo en cama por mucho tiempo. Como secuela de este fatal incidente, no pudo recuperar totalmente el movimiento y debía apoyarse siempre en un bastón. Lo contempla con los ojos del alma. La ternura llena su corazón y pasando suavemente sus manos por la frente del hijo preocupado, se sienta a su lado y lo acaricia. Al verlo en ese estado, sus pensamientos vuelan al pasado.

Dichoso aquel atardecer en el que, sentados a la sombra del sicomoro y recostada en el pecho de mi esposo Akhén, llena de emoción, le dije:

–Querido mío, traigo para ti una importante noticia.

–Dulces son tus palabras, amada Nefry. Te escucho.

Lo miré a los ojos y llena de felicidad le anuncié:

–La diosa Isis nos ha visitado. Pronto seremos padres.

El Faraón, con desbordante alegría, se puso de pie. Me levantó y me estrechó entre sus brazos; dulcemente besó mi frente, expresando lleno de emoción:

–Es la más bella noticia que me has dado, amor mío.

Abrazados y llenos de contento nos paseamos por todo el Palacio, dando la grata noticia. Desde ese día nuestras vidas fueron distintas. Todo cambió en el Palacio. La emoción de la espera de un hijo hizo que el Faraón y sus súbditos se prepararan para recibir al primogénito. En el momento oportuno se comenzaron a llevar a cabo los detalles para el nacimiento de la criatura. Lo principal era el estanque donde daría a luz. Recuerdo que me trataron con muchos mimos y me dieron a tomar una cerveza especial para amortiguar los dolores. Fue un momento inolvidable. Despejado el cielo, el sol dejó ver sus primeros rayos. La noche había sido testigo del gozo que invadía mi alma, a pesar de que sentía cómo se me desgarraba el alma. Un dolor indescriptible anunció la llegada de nuestro hijo. Tu padre, henchido de emoción te tomó en sus brazos. Eres mi querido hijo; nunca permitiré que algo o alguien te haga daño. Desde que naciste, notamos que eras un niño precoz. Nos esmeramos en darte la mejor educación.

Al mirar el rostro de su hijo, le pregunta:

—Hijo, ¿qué te ha pasado? ¿Qué sucedió?

Apenas la escucha. Ante la insistencia de su madre, con voz queda le dice:

—Madre, fue algo insólito.

—Cuéntame ya, hijo mío, no me angusties más —dice la madre desesperada.

El joven Faraón hace un esfuerzo. Se sienta; respira profundo y, pormenorizando minuciosamente los detalles, cuenta a su madre lo sucedido. Ninguno de los dos advierte que, tras de la puerta, atentos a la conversación entre madre e hijo, unos intrusos oídos de mujer comienzan a tramar un plan insospechado. *Nunca permitiré que ninguna mujer se oponga entre nosotros. Sabré defender el amor que me corresponde.* Sobre la punta de sus pies, se marcha sigilosamente para no ser descubierta. En su alma lleva clavado el veneno de los celos y como hiedra devoradora crece en su pecho la maldad que hasta ese momento mantenía escondida. Rayel, la esclava fenicia que el Faraón Akhén había escogido para que atendiera a su hijo, cuando fue mortalmente herido por la fiera, acababa de sentenciar la razón de su destino. Llegó al Palacio años atrás, en ocasión del fatal incidente del joven faraón. Sus cuidados y sus mimos y sus esmeradas atenciones, dieron paso a una subrepticia intimidad entre ellos, dejándose llevar el joven faraón por las caricias e insinuaciones que ella le brindaba abiertamente en su cuerpo de mujer. Astuta; hábil; intrépida; sus piernas son puertas abiertas que llevan al joven faraón a conocer el mundo de la lujuria y del placer. *Ninguna mujer se interpondrá entre nosotros. Nadie me lo quitará.* Se esfuma sin que nadie se dé cuenta de que espiaba.

La madre de Tukmón, sorprendida, pero confiada, lo tranquiliza:

–No te angusties, hijo mío. Mañana volverás a buscarla.

–Madre, ni siquiera sé su nombre, ni quién es o dónde vive. Nada.

–No te inquietes. La encontrarás.

Con su amor maternal, la madre lo envuelve y logra que baje al comedor y pruebe bocado. Pasó casi toda la noche en vela; no podía conciliar el sueño. Esa joven no se apartaba de su mente. La veía una y otra vez, tierna, frágil. Las mismas preguntas se agolpaban en su mente. *¿Cómo pudo dominar al fiero animal con su mirada? Y cuando le habló, la obedeció. ¿Cómo lo hizo?*

Unos suaves toques en su puerta lo sacan de su ensimismamiento. Rayel, cumpliendo su costumbre de siempre, se acercó a complacer al Soberano decidida a borrarle de su mente el episodio que lo traía atormentado. Estaba convencida de que sus caricias lo alejarían de cualquier distracción que pusiera en peligro su ganado terreno de favorita. Visiblemente molesto, él le pide:

–Ven mañana. Estoy cansado y ya me duermo.

–Siempre he de complacer sus deseos, mi Señor.

De nuevo Rayel arde de celos y se propone madurar su ardid: *Lo juro por los dioses. No dejaré que él ame a otra mujer. Haré lo que sea necesario para evitarlo.*

Yoyja descansaba después de la experiencia en el bosque, de la que no había comentado nada. Su amiga Rialmer la miraba extrañada:

–¿Qué te sucede?

–Nada. Estoy cansada. Mañana conversamos. Buenas noches.

–Buenas noches –responde intrigada Rialmer, murmurando en sus adentros: *Qué raro. Algo grande debe haberle sucedido porque, a pesar de decir que está cansada, su rostro me pareció iluminado.*

Ya en su aposento, tirada en la cama Yoyja da rienda suelta a sus emociones. *¿Quién será ese apuesto joven? ¿Por qué vestía tan elegantes ropas, estando de cacería en el bosque? ¿Por qué lo defendí de ese temeroso animal como si lo hubiera conocido? Su mirada tan profunda me atravesó el alma y no puedo apartarlo de mi mente. ¿Por qué lo habré percibido como frágil e indefenso? Pero no. No debo dejarme inquietar por el primer joven que veo.* Un pensamiento tras otro ocupaba su mente. No lograba conciliar el sueño; no podía olvidar aquel rostro atemorizado que, cuando la vio de repente cambió su impresión de miedo por algo indefinido que solo ella pudo percibir. La noche fue inmensamente intensa; profundamente larga. El frescor de la madrugada hizo que se quedara dormida y que, al día siguiente, se levantara más despejada. Conversa con Rialmer y le cuenta el extraño suceso del bosque, así como su

99

decisión de no salir de casa en unos días. Pasó uno y otro día en los cuales la imagen del joven siempre estuvo presente. Su corazón se agitaba y nuevas inquietudes copaban sus pensamientos. *Esperaré que pase el tiempo; no debo desesperarme.*

La exhaustiva búsqueda a la que se habían entregado los guardias del Palacio había sido inútil. Desolado el Faraón, su alma se consolaba con la idea de que, tarde o temprano, la encontraría.

Desde el amanecer, los cazadores reales salían hacia el bosque con órdenes estrictas de buscar por doquier y hasta el último rincón, mientras el impaciente Faraón los esperaba bajo la sombra del gigante sicomoro, con la viva esperanza de verla aparecer. Día tras día, cada regreso era una gran desilusión. No había noticias de ella. No era posible encontrarla.

Rayel, al acecho de las circunstancias, espiaba todo lo que sucedía. *Tengo que descubrir la verdad. ¿Quién habrá hechizado al Faraón de esa manera? Lo indagaré.*

Tukmón se levantó más temprano que nunca. Al ver su indumentaria, algunos en el Palacio comentaron: «Es extraño que el Faraón va de caza hoy; nunca participa dos días consecutivos». Su madre, conocedora de sus costumbres, pero también de su corazón, le anima:

—Espero que hoy tengas suerte. Dale mis saludos y hazle saber que quiero conocerla para agradecerle lo que hizo por ti.

—Gracias madre —responde él, esperanzado, añadiendo—: Así será; se lo diré.

Siente que la conversación con su madre lo conforta, sembrando en sus anhelos un rayo de esperanza. La madre confía en él. Sabe de su capacidad para olfatear el aire y escuchar los sonidos que trae el viento. Aprendió desde muy niño a orientarse por el sol y las estrellas y a dejarse llevar por el camello, pues él siempre llevará su jinete donde hay agua.

Se despidió de su madre con un beso. Todo estaba listo para salir rumbo al bosque. Recorrieron la ruta de siempre, que a él le pareció interminable. El bosque, complacido, lo acoge ofreciéndole la brisa que refresca su trayecto. Apenas acaba de despertar la mañana y aún duerme el rocío acariciado en los enveses de las hojas y en los pétalos de las pequeñas flores del sicomoro. Los pájaros en los nidos calientan los pichones, pero al verlos llegar alzan el vuelo rumbo a sus faenas. Se dirigen al mismo lugar de siempre y al llegar, su mente revive el momento pasado aquel día. Una sensación de inquietud invade su corazón. Aspira una bocanada de aire que luego exhala, pensativo. Su mirada escudriña el lugar y penetra la distancia, tratando de dibujar con sus pupilas la silueta esfumada de la joven. Larga y pesada se hace la espera. Sensata la esperanza, pero resignada la decisión. ¡Cuántos pensamientos vagan por su mente que, encaprichada, hurga profundo en un campo para él desconocido!

Pero cuando el propósito es firme, la espera se fortalece y se torna persistente.

La tarde caía lentamente y la misteriosa joven aún no aparecía. Lleno de pena decide marcharse y da la orden de partida. Grande es la angustia y honda es la pena. Sus guardias perciben la pena que lo invade y, entristecidos y cabizbajos, se encaminan al Palacio. Su madre lo espera con ansias de saber si la encontró y de qué hablaron. Todo. Todo lo que pueda traer un poco de paz al angustiado corazón de su hijo amado. Pero al verlo asomar a las puertas del Palacio, se fija en que nada bueno había sucedido. Avanza a su encuentro y le extiende sus brazos. Él se deja caer en ellos como un niño desvalido y tristemente le informa a su madre:

—No la hemos encontrado. No entendemos dónde ha ido.

—Descuida. Otro día será. Tal vez se asustó un poco con lo sucedido.

Tres largos días pasaron después del hecho, pero tampoco la joven apareció. Todos en el Palacio se extrañaban de su comportamiento. Algunos comentaban: «El Faraón está más triste que cuando estuvo en cama, enfermo». Rayel, la más intrigada de todos, como invisible espía se enteraba de cuanto acontecía y en sus adentros comenzó a desear que aquella joven de la cual ya se hablaba en el Palacio no apareciera nunca. La madre del joven Faraón, desesperada no cesaba de preguntarse: *¿Quién será esa joven? ¿Dónde estará? Tengo la certeza de que muy pronto aparecerá.*

Yoyja acaba de despertar. No es su costumbre levantarse tan tarde, pero se había dormido muy entrada la madrugada. Sobresaltada, abre sus ojos. Los recuerdos asoman a su mente y se pregunta todavía qué habrá sido de aquel joven. Se siente más calmada. Han transcurrido tres días sin salir de casa y esto le ha permitido concentrar de nuevo su pensamiento. *Hoy voy a dar un paseo, necesito respirar el aire fresco.* Sale del aposento graciosamente vestida; el color amarilla de su falda hace juego con el blanco de su blusa. Recoge su pelo un elegante broche que ella misma había confeccionado, dándole un hermoso toque de elegancia. De sus grandes ojos brota una dulce y tibia mirada, sutil, casi pueril. En su mente late el deseo de volver al mismo lugar y, resuelta, hacia allá se encamina. Penetra en el bosque. Se dirige hacia el sicomoro y bajo su sombra, una vez más se sienta contemplando la belleza de aquel mágico lugar, recordando lo que había sucedido tres días atrás.

Tukmón amaneció algo cansado. Ansiaba tomar de inmediato el trayecto del bosque, pero la visita anunciada de unos embajadores le obligó a permanecer en el Palacio. Tan pronto se marcharon, emprendió de nuevo el camino. Tukmón y los guardias reales salen rumbo al bosque nueva vez. Se dirigen al lugar donde él pasaba el mayor tiempo, bajo las ramas del sicomoro. Se acerca allí su carruaje y al desmontarse, un grito de júbilo se agolpa en su garganta. «¡Es ella!», exclama lleno de contento. Animado por tan esperada visión, se encamina hacia el banco donde la linda joven plácidamente dormita. Tukmón se siente aplastado por su belleza. La emoción lo invade. Ha enmudecido. Ya junto a ella, con un gran esfuerzo logra decir:

–Señorita, perdone que la interrumpa. Esperaba verla para darle las gracias por lo que hizo por mí.

Sorprendida, ella abre sus grandes ojos color miel y lo mira. Ahí está él, ricamente vestido con esos atuendos que no había observado en nadie. Llena de emoción disimula, al darse cuenta de la gran turbación que invade al joven y sonriéndole, le extiende su mano para saludarlo. Desconcertado, él le pregunta:

–¿Cómo te llamas?

–Yoyja –responde complacida.

Se sorprendió al oír su nombre y su mente trajo aprisa aquel recuerdo, cuando fue objeto del primer ataque de aquella fiera y la muerte rondaba su espíritu. Sus fuerzas se desvanecían, cayendo lentamente en un estado de inconsciencia. De pronto, oyó esa voz que le dictaba: «Debes regresar. Antes de llegar aquí has de encontrarte con Yoyja». Su corazón palpita fuertemente. Sus manos tiemblan, como queriendo con ellas tomar su destino. *Sí. Ese fue el nombre que susurró aquella voz. Lo había olvidado. Recuerdo que cuando le conté a mi padre lo sucedido, prometió explicarme, pero nunca me dijo nada. ¡Qué extraño es todo esto!* Haciendo un gran esfuerzo, se aparta de su turbación y comenta:

—Es hermoso tu nombre.

—Gracias. Lo eligió mi padre —responde con orgullo.

Yoyja se siente atraída hacia el joven, quien, a pesar de su limitación física, luce muy bien. *No sé por qué la sensación de haberlo conocido desde hace tiempo. Hay algo en él que me atrae poderosamente.*

Tukmón sacude sus pensamientos y curioso le pregunta:

—¿De dónde viniste? ¿Quiénes son tus padres?

—Vine de un pueblo muy lejano —y sabiamente, para desviar el tema le pregunta—: ¿Y tú, cómo te llamas?

–Tukmón –contesta él apresurado.

No pudo disimular su sorpresa, que dejó escapar a través de sus grandes ojos miel. *No lo puedo creer. Debe ser alguien cercano al faraón. ¿Será su hijo? ¿O tal vez una visión?*

Tan emocionado como ella, en medio de turbación atina a preguntarle:

–¿Me puedo sentar?

–Claro –responde ella.

Con la inocencia de un pequeño niño, Tukmón le afirma:

–Vine todos los días para ver si te encontraba. Me sentaba un rato aquí y luego me internaba entre los árboles, buscándote desesperadamente. Cada día me iba lleno de tristeza. Este árbol, mi fiel amigo, es testigo de cuanto sufrí por no encontrarte. Es un árbol con un gran significado religioso para nosotros. En el Libro de los Muertos, el capítulo 64 dice: **«He abrazado el sicomoro y el sicomoro me ha protegido: Las puertas de la Duat me han sido abiertas»**. Esto me lo enseñó mi padre; por eso mantuve siempre la esperanza y supe que aquí te encontraría.

Yoyja mira el grueso tronco que sostiene la abundante copa del árbol, esférica y ramificada, con sus hojas ovaladas y sus pequeñas frutos comestibles y sus abundantes flores verdes. Su mente la transporta a su niñez: *Ahora recuerdo; es el árbol que vimos mi amigo Ormek y yo en el monte Ta`Dmejrek de Malta.* Todavía sumida en este pensamiento, vio que de ese sicomoro emanaba la misma luz de aquel día, a pesar del tiempo de los siglos transcurridos.

A cierta distancia, celosos acompañantes de Tukmón no lo pierden de vista y velan por él.

Entre él y Yoyja se entabla una conversación sin prisas, profunda, amena. La mañana transcurre envuelta en la plática de estos dos jóvenes que se soñaban desde que el sino de sus tiempos se escribiera en el papiro de sus vidas. El joven monarca aún se siente algo turbado y comenta:

–Mi madre te ha enviado sus saludos. Me gustaría que la conocieras; te invito a que mañana nos honres con el favor de tu visita y llenes nuestra casa de alegría con tu presencia.

Sorprendida y complacida, Yoyja acepta la invitación y de sus labios sale un espontáneo:

–Muchas gracias; iré –que satisface a Tukmón.

Al joven Faraón, este encuentro le devolvió la alegría. Su corazón latía con fuerza al saber que ella había aceptado su invitación. Por fin la había encontrado y puso a un lado su poder y su dominio para, humilde y pacientemente, atraerla hacia él con suavidad. Yoyja, sin saber con certeza frente a quién estaba verdaderamente, también interpretó cómo él, con su ropaje y su carruaje, y su comitiva acompañante, tampoco hizo uso de un poder que imaginaba, para obligarla a someterse a su voluntad. No. Pudo intuirlo en el momento. Invitar y aceptar era para ambos una cuestión de amor; de un amor predestinado, elegido en la inmensidad de la distancia y el tiempo y que, por fin, acaba de despertar.

–Tengo que regresar a casa; es tarde y mis amigos deben estar preocupados por mí.

–Lo comprendo. Vamos; te llevaré.

Montan en su carruaje y regresan al poblado. A pocos metros de la casa, Yoyja le dice:

–Déjame aquí.

–Como tú digas –asiente él, enloquecido de amor.

Una discreta despedida une las manos de los jóvenes, disimulando a duras penas la emoción que los quemaba haciéndolos arder como arena del desierto.

CAPÍTULO IX
LA FUERZA DEL AMOR

Cuando el amor es
auténticamente genuino,
triunfa sobre todas las cosas.

Yoyja irradia una alegría imposible de ocultar. Al llegar a casa, le cuenta a Rialmer lo sucedido en el bosque con aquel desconcertante personaje. Su amiga comparte la emoción por las bendiciones alojadas en el seno de su hogar. Primero, porque con la llegada de Yoyja su bebé había sanado y ahora se alegraba por lo que su amiga le contaba. Y piensa que no hay lugar a dudas: es un personaje que proviene del Palacio Real y ha puesto sus ojos en ella.

El joven monarca va de regreso con los suyos. El camino se le hace interminable. Impaciente, pero regocijado, imagina cuán feliz estará la madre al saber las noticias. Por fin, venciendo la distancia y con gran alboroto, llegan a las puertas del Palacio.

Su madre, inquieta, esperaba con ansias su regreso. De inmediato notó que su hijo era otro; se veía transformado. Avanzó a su encuentro y vio su rostro iluminado por un gozo indefinido; sus ojos, brillantes, radiantes de alegría. Baja del carruaje y abraza a su bondadosa madre que lo espera. Ella ve en su mirada un rayo de plenitud de vida que nunca antes se había manifestado en su hijo. Abrazados, se encaminan hacia la puerta y entran al Palacio, con la feliz impresión de que muy pronto el Palacio estará de fiesta.

Amorosas lágrimas salen de los ojos de la feliz madre; jamás había visto su hijo así. Él fue un niño enfermizo y la mayor parte del tiempo estaba solo, sumido en la tristeza. Por fin veía a su vástago feliz como nunca, olvidado de los tormentos que le producían su falta de salud, y llena de alegría lo interroga:

–¿Cómo es ella? ¿Conversaron?

–Es bella, muy bella. Conversamos. Se llama Yoyja. Aceptó venir mañana a conocerte.

–¡Ay, hijo mío! ¡Qué grata noticia! Amón, nuestro dios, nos está bendiciendo. Mañana será un gran día y lo vamos a celebrar –expresó la madre llena de gozo y esperanza. *Mañana la conoceré; presiento que es una bella mujer en todos los sentidos.*

Esa noche todos en el Palacio se alegraban por el entusiasmo del Faraón y participaban animadamente en el preámbulo de tan anhelado acontecimiento.

Menos Rayel quien, con el alma rota, presentía lo que para ella era lo peor. Sentía que todo aquello acababa con su vida y en silencio se mantenía en acecho de cada movimiento, gestando en sus adentros un plan macabro.

Un bello amanecer marcó el despertar del día. Para Yoyja y Tukmón, su encuentro del día anterior era una experiencia que había sembrado en ellos inquietudes insospechadas que cambiarían sus vidas para siempre. A solas, cada uno ocupaba su pensar en el deseo de verse lo más pronto posible y estas ansias de encontrarse hacían muy lento el pasar del tiempo.

Yoyja se levantó más temprano que de costumbre. Vestida con una hermosa túnica rosada ajustada a su cintura con un delgado cinturón marrón, destacaba su figura de hermosa princesa. Adornaba su cabeza con un brillante turbante dorado y con finas tiras de exquisitos hilos. Su rostro lucía un regio maquillaje, perfilados y trazados sus ojos pintados con kohl y destacando así el miel inconfundible de sus ojos. La sonrisa angelical que asomaba a sus labios completaba su apariencia de Diosa. El gran día había llegado. El joven faraón la presentaría en el Palacio.

Sumida en estos pensamientos, recordó una experiencia vivida en Tebas tiempo atrás.

Aquel día, un anciano se acercó a saludarla y con mucho respeto le preguntó:

–¿Es usted Yoyja?

–Sí, señor –le respondió algo extrañada.

El anciano abrió una bolsa y de ella extrajo una pequeña caja, diciéndole:

–Señorita, este regalo se lo envió aquel señor que camina hacia las afueras. Mire, va por ese camino.

–Señor, ¿no me habrá confundido con alguien? Creo que se equivoca.

El anciano insistió amablemente:

–Señorita, fue él quien me dijo su nombre. No lo conozco. Nunca lo había visto. Me regaló unas monedas y me pidió le hiciera ese favor. Le ruego que lo acepte, pues de no hacerlo no sé qué me pueda suceder.

–De acuerdo, señor, no permitiré que algo malo le suceda por mi culpa.

Y diciendo esto extendió sus manos y tomó el presente. El anciano se marchó inmediatamente. Miró la cajita; era extraña. Al abrirla se llevó una gran sorpresa. Se trataba de un impresionante collar del que pendía una insignia con la inscripción **Y<T**. Sintió que debía guardarlo para un momento especial y así estuvo mucho tiempo, guardado con cuidado y con esmero. Hasta ese día en que conocería a la

familia de Tukmón. Al mirarla Rialmer, asombrada, le dijo:

—¡Qué hermosa joya! Te ves preciosa. ¿Dónde lo compraste?

—Me lo regalaron —le respondió sin más explicaciones.

La conversación fue interrumpida por la llegada de la comitiva que fue a recogerla. Los soldados de la Guardia Real la subieron al elegante carruaje. Grande fue su sorpresa, pues jamás pensó que su visita y su encuentro con la familia de Tukmón serían en Palacio. Turbada, pensó: *¡Qué sorpresa! Nunca imaginé que hoy conocería al Faraón.*

La belleza y la opulencia del majestuoso palacio la impresionan. Todo parece envuelto por una magia especial que la hacen sentirse como en un sueño. En el lujoso pórtico, cálida y sonriente la espera Nefry, quien la recibe con abrazos de genuina alegría. Desde que la vio asomar, se dijo en silencio: *Esta es la joven que hará feliz a mi hijo.* Quedó deslumbrada por la presencia de Yoyja y muy impresionada con el collar que embellecía su cuello, pues era igual al que siempre llevó su suegra y que un día perdió y dijo que un dios se lo había llevado al cielo. Es tal la belleza física y espiritual de Yoyja que todos los presentes la saludan admirados y reverentemente le dan la bienvenida mientras camina tomada de las manos de la madre del Faraón.

Una mujer la observa sin que ella se percate. Altiva; aviesa; arpía; hermosamente ataviada con sus mejores galas, la mirada que dirige a Yoyja es portadora del más vil de los deseos. La observa con celo y con recelo mientras piensa: *Esta es la mujer que lo trae loco. Ciertamente es hermosa y tiene algo que avasalla. Esta será una lucha fuerte.*

A pesar de que está a gusto con tan rimbombante bienvenida, Yoyja se sorprende de no ver a Tukmón: *¡Qué extraño! ¿Por qué él no ha venido? ¿Qué sucede? ¿Y por qué todos me reciben de esta manera? No comprendo.*

El sonido de la trompeta interrumpe sus interrogantes. A seguidas, el Gran Sacerdote anuncia ceremoniosamente: «Se acerca el Neeb Faraón». Curiosa y, al igual que todos, en actitud de respetuosa reverencia, Yoyja también espera la entrada de aquel Gran Señor que acaban de anunciar, mientras piensa admirada: *¡Qué privilegio y qué emoción conocer al Faraón! ¡Me siento muy emocionada! Si Tukmón estuviera aquí, me sentiría mejor y más segura cuando me presenten al Soberano. ¡Pero qué tonta soy! Si es miembro de la Guardia Real, de seguro que vendrá a su lado.*

La ovación y los aplausos reciben al esperado Faraón. Todos de rodillas, inclinan sus cabezas en señal de reverencia y muestra de respeto, obediencia y fidelidad al Gran Señor. Ella hace lo mismo, pero sin dejar de mirar con atención el deslumbrante despliegue de entrada. Un largo desfile de los miembros de la Guardia Real precedió su aparición. Esperaba con ansiedad ver al Faraón e insistía en pensar que Tukmón vendría muy cerca, tal vez a su lado. La música del ceremonial llega a su clímax y por fin hace su entrada triunfal el joven Faraón. Yoyja se desconcierta. Su corazón da un vuelco al ver al Faraón, deslumbrante, ataviado con magníficas ropas. Escucha el jubiloso grito de «¡Salve Faraón! ¡El pueblo de Egipto te venera y obedece!». Le cuesta comprender. Gira su cabeza esperando ver a alguien más. Pero no. Él le sonríe abiertamente. No cabe duda. Es él. Su cabeza da vueltas y hace un esfuerzo para sostenerse de pie, ecuánime. Conmovida, reconoce: *Entonces Tukmón es el Faraón. ¡Por todos los dioses!*

Terminado el protocolo de la entrada y ya sentados, el Faraón la saluda muy contento. Le ofrece toda suerte de manjares y bebidas y se presenta un gran espectáculo en su honor. Exóticos danzantes y bailarinas nubias deleitaron a los presentes con la Danza del Laudo y acróbatas y músicos amenizaron la fiesta hasta muy tarde. Llegado el momento de presentarla oficialmente, el joven Faraón se dirige a su pueblo: «Súbditos míos. Me place presentar ante ustedes a una distinguida visitante que ha sabido conquistar mi corazón con su dulzura, su valor y su sabiduría. Es la valiente joven que vi por primera vez cuando iba a ser devorado por esa fiera y ella salió en mi defensa, enfrentando con valentía al furioso animal. Venció a esta fiera con solo dirigirle su mirada, como lo ha hecho conmigo. Y cuando le habló, también la obedeció. ¡Querido pueblo! Ella es la mujer a quien amo y a quien le pido que sea mi esposa.» Emocionados todos aplauden. Voces de júbilo se levantan entusiasmadas: «¡Viva el Faraón! ¡Viva Yoyja! ¡Vivan el Faraón y Yoyja!».

Apenas pronunciada la última palabra, Rayel disimula las lágrimas que pujan por salir de sus ojos. Como fiera herida de dolor, escucha y observa atentamente todo lo que acontece en el encuentro. Una voz se escucha en medio de la multitud que aclama a la pareja. «¡Neeb Faraón!». Todos se apartan y hacen silencio. Es el Gran Sacerdote del reino, anciano respetado y admirado.

—Quiero me sea permitido decir unas palabras —y prosigue—: Hace mucho tiempo, su respetable Padre y yo, una hermosa noche, nos encontrábamos sentados debajo del viejo sicomoro, meditando sobre el titilar de las estrellas y el poder de los astros. De repente, una luz azulada bajó del cielo, alumbrando el entorno. A través de ella, se posó una nave de la que bajó un distinguido señor. Después de saludar se identificó como SurQ, comandante del planeta Alnilam. Nos contó una larga historia que he guardado en lo más profundo de mi corazón. El señor SurQ me entregó esta cajita dijo que, llegado el momento de entregar su contenido, me lo haría saber. En obediencia a una señal enviada por los dioses, hoy es que debo abrirla para que sea conocido su contenido, si usted me lo permite.

Admirados todos los allí presentes, Yoyja no comprende por qué el Gran Sacerdote menciona el nombre de su padre. El corazón del Faraón también está en vilo y se pregunta: *¿Qué significa esto?* Aún no comprende y el Gran Sacerdote continúa:

—Neeb Faraón, acérquese.

El joven Faraón corresponde y toma de sus manos la cajita que le ofrece el Gran Sacerdote. Una extraña emoción que siente indefinida, imprecisa, inquietante, se apodera de él. Abre la pequeña caja y retira el sello que la recubre. De ella extrae un brillante pergamino que dice: «**Faraón Akhen, Yoyja es mi hija. La presento y la ofrezco desde ahora en matrimonio para que sea la esposa de tu hijo, quien gobernará a Egipto desde temprana edad**».

Al oír esta declaración, escrita por unos de los dioses ancestrales que bajaban del cielo donde moraba el dios único Amón, todos caen arrodillados reverenciando la imaginada presencia del venerado dios. Tukmón, gratamente sorprendido abraza con ternura a Yoyja, quien también lo estrecha entre su pecho. Nadie comprende; ni ellos mismos. Solo saben que es una disposición llegada desde lo alto.

En agradecida reverencia, Tukmón alza sus brazos al cielo dando gracias a su dios Amón, el que su padre había declarado como dios único y exclama: «Padre amado, desde aquí te venero. Te contemplo junto a ese Comandante que ofreció su amada hija para que fuera mi esposa».

Se acerca a ella, complacido y agradecido de los dioses y le pregunta:

−¿Aceptas, pues, ser la esposa de este Faraón que desde antes de los siglos ya te amaba?

−Acepto y correspondo, mi Señor.

Y habiendo profesado ambos su amor ante su pueblo, Tukmón la besa apasionadamente sellando así su compromiso nupcial. Nuevos vítores y loores estallan en el salón. Los súbditos aclaman al Neeb Faraón y a su futura esposa Yoyja, la Elegida, a quien desde ya también obedecen y respetan.

Nefry, la madre del Faraón, estrecha entre sus brazos a Yoyja demostrándole amor de madre. Nuevos aplausos, nuevos vivas. La alegría brotaba de los rostros de los presentes, menos de esa mujer, Rayel. Mil puñales traspasaban su alma ennegrecida por la maldad que corroía su corazón.

De regreso a la casa de Yoyja, los dos jóvenes conversan celebrando el acontecimiento con abrazos y besos enternecidos. Ilusionados por el futuro que les depara, comienzan a programar su nueva vida.

Rotas las cadenas del tiempo y la distancia, aúnan el sentir de sus almas para formar con ellas haces de luz que iluminarán sus vidas por los siglos. Mientras, en una de las habitaciones del Palacio se oyen gemidos surgidos de las negras profundidades de un corazón herido y decepcionado.

Desde ese día Nefry y Yoyja compartieron como viejas amigas. Ilusionada la madre, iba a buscarla todos los días. Navegaban por el río; disfrutaban de la vegetación; observaban las estrellas. Un inmenso cariño creció entre las dos. Conversaron un día acerca del collar y Yoyja le contó con detalles como llegó esa hermosa joya a sus manos. Amorosamente, Nefry le dijo:

–Desde que conocí de tu existencia, cuando le salvaste la vida a mi hijo, te sentí en mi corazón como algo muy especial, como si fueras mi hija. Cuando te vi llegar al Palacio por primera vez, mi corazón me anunció que eras la persona que haría cambiar mi hijo. Esa noche del compromiso, cuando vi en tu pecho ese collar, comprendí que eras una predestinada para traer de nuevo la felicidad a este Palacio. Por eso la celebración de sus bodas será un acontecimiento único en la Historia de Egipto.

Y llena de humildad Yoyja le expresa:

–Si usted así lo dispone, será para mí de complacencia.

Los días siguientes fueron de intenso trabajo y todos en el Palacio se apresuraban con los preparativos de tan esperado acontecimiento. Por fin llega el anhelado día. Al amanecer, el sol ríe jubiloso y calienta con su soplo la brisa que despierta las hojas humedecidas. Todo está listo. Fue titánico el trabajo. Guirnaldas de exóticas flores con llamativos colores envuelven las escaleras, ruedos y bordes. Gigantes arreglos florales cubren graciosamente las estancias, haciendo compañía a los lujosos jarrones del más fino alabastro. La brisa matizada por el perfume de las variadas flores que adornan el Sagrado Templo del Palacio, se pasea dejando una estela de ricos aromas. En el centro del altar principal reposa un pequeño y resplandeciente sicomoro, hecho de los más finos cristales de jade, reflejando la serenidad y la pureza de todo lo viviente. Hilos de luces llueven del infinito, dejando refulgir sus resplandores de luna y estrellas.

Los invitados esperan ansiosos. Resuenan al unísono las arpas, chirimías y trompetas anunciando la entrada de la Corte Real que se desliza sobre una finísima y brillante alfombra azul, salpicada en pequeñas piedras de cuarzo blanco que destellan a lo lejos. Se despierta en los presentes un gran entusiasmo, expresado con emotivas ovaciones.

El Faraón aparece ataviado con un discreto faldellín blanco, plisado, del más puro lino cultivado en Egipto. Su cabeza ostenta un precioso nemes o tocado de un azul sin igual, rematado en finas piedras preciosas. El collar pectoral que adorna su torso, así como el anillo que porta en nombre de su trono, son de una belleza impresionante. Engarza su indumentaria un hermoso cetro Heka, labrado en oro, en rayas azules a juego con su tocado, símbolo de su poderío como señor de las tierras y los rebaños de Egipto. Lo acompaña su madre, Nefry, vestida con una elegante túnica de finísimo lino azul. Sus joyas, pulseras y maquillaje destacaban su bien conservada figura.

Con lentos pero firmes pasos, hace su entrada la novia. Su túnica bordada en hilos de oro resplandecía sobre el azul profundo de la alfombra. Portaba una regia diadema de hojas retorcidas, en oro y plata. Un exquisito brazalete de turquesas, cornalina y lapislázuli adornaba graciosamente su brazo. Sus pendientes, de oro macizo en forma de loto, destacaban sus enormes ojos rasgados. Sus manos delicadas portaban ramos de la flor del sicomoro, bañando de pureza aquellos dedos donde serían colocados los anillos de oro y cuarzo blanco, símbolos de pureza y eternidad.

Los dioses se hacen presente en todos los rincones del Sagrado Templo mientras músicos y cantores entonan preciosas melodías. El Gran Sacerdote tiene a su cargo la especial ceremonia, que se desarrolla bajo las costumbres y tradiciones del reino. Emocionado Tukmón, coloca el anillo en el dedo de su amada y le profesa:

–Amarte hasta la muerte es mi destino, y tú lo sabes. Unidos viviremos en complacencia. Ungiré tu cuerpo con mi aceite ofreciéndote amor hasta la eternidad.

Trémula de emoción, ella le corresponde:

–Desde antes de conocerte te amé, amado mío. Por ti viví sin vivir por cientos de años.

Al finalizar la ceremonia, el Faraón cambia la diadema de Yoyja y le coloca una impresionante corona con cintas de oro sólido, llevando en su parte posterior la corona faraónica, símbolo inequívoco de que en lo adelante ella es la Faraona de todo Egipto. Un largo beso, tierno, apasionado, sella el ritual del casamiento y el inicio de sus vidas en perfecta armonía, como lo juraron.

La Corte Real sale del templo para compartir con sus invitados. Un grupo de hermosas doncellas precede a la juvenil pareja. Encabezan el desfile el Gran Sacerdote del reino, como el más fiel testigo de las circunstancias de aquella unión. En su rostro se refleja la gran satisfacción que invade su alma al saber que con este acontecimiento se cumplía el compromiso contraído con el Faraón Akhen, padre de Tukmón.

Súbitamente, rayos de luces multicolores iluminan todo el Palacio y como furtivos relámpagos ofrecieron un espectáculo jamás imaginado. Era el regalo de SurQ, quien desde Alnilam enviaba su mensaje de felicitación, pues también allá se celebraba con gran júbilo el magno evento.

Desde el más humilde hasta el más poderoso de los invitados disfrutaron gozosamente de este acontecimiento sin igual. Solo para Rayel fue esa una noche de agonía. Revestida con la fuerza de su férrea voluntad para no cometer ningún desliz, compartió con los demás disimulando su negra envidia.

Los felices esposos, desde la cúspide del Palacio y tomados de las manos, imploraron la bendición de los dioses para ese pueblo que les seguía fielmente.

Con el correr de los días, el sol y el Nilo se convierten en testigos cómplices de la ardiente pasión que consume a los esposos. Plenos de felicidad, se encaminan hacia su fiel amigo el sicomoro, que sonriente los espera. Cobijados bajo el gran manto azul bañado de juguetonas nubes, se sientan una vez más bajo aquel árbol que ha sido para ambos refugio de sus cuitas, sombra de sus amores.

La vida transcurre para ellos como lo habían soñado, sin sospechar que, de vez en cuando, una despreciable mirada los sigue mientras calcula cada paso de su macabro plan. Vistió ropas de hipocresía para brindarle a la madre del Faraón las más esmeradas atenciones. Un día no soportó más el peso de la rabia y de su corazón estalló la más vil de las ideas: *De la misma manera en que lo cuidé, lo mimé y lo acaricié, encontraré también la forma de vengarme.*

CAPÍTULO X
PARTIDA

Un adiós
en mortal
silencio.

Envuelta en la más ardiente felicidad, la pareja realiza su vida cotidiana en el Palacio. Practican deportes; van al río a navegar y a pescar. Las visitas al bosque se realizan con frecuencia: les gusta ir al lugar donde se encontraron por primera vez y sentarse debajo del sicomoro donde se conocieron. Allí se abrazan consolidando su amor. Es una feliz pareja que cumple con su rol de Faraones y a la vez disfruta de los goces que le brinda la naturaleza. Con frecuencia viajan a países vecinos, surcan los mares, atraviesan el desierto. Y cuando se detienen a descansar en los oasis, Yoyja contempla las datileras que, mecidas por la cálida brisa del desierto, la hacen confidentes de sus aventuras.

Pronto el Faraón enfermó y de inmediato Yoyja aplicó su saber sanador obteniendo los resultados esperados. Pero, cada cierto tiempo, de nuevo el Faraón se quejaba de molestias y dolores. Y una funesta noche, cuando el dolor arreció de manera que creía que moría, el joven Faraón se despidió de su querida esposa, diciéndole: «Amor mío, nos veremos en el más allá. Te esperaré para que juntos subamos a nuestro lugar final». Yoyja, asustada, se siente desfallecer. Pero no se rinde. Respira profundo; levanta sus ojos al cielo y eleva una oración, colocando sus manos sobre el pecho de su querido esposo. Mantiene sus ojos cerrados por largo rato mientras lo presiona suavemente. Entonces levanta sus manos y abre sus ojos, y he ahí el milagro. Tukmón comienza a abrir los ojos y de su boca sale una tierna sonrisa. Ha vuelto a la vida; sano; sin rastro alguno de la enfermedad que lo aquejaba. Su madre abraza a Yoyja y vuelve la felicidad al Palacio. Pero en otro corazón crece la envidia porque esta vez su plan fracasó.

En la vida del Palacio reina la tranquilidad. Nefry y Yoyja se acompañan en sus salidas frecuentes. Les gusta viajar a las poblaciones cercanas a Tebas para respirar otros aires y asegurarse de que sus súbditos estén bien atendidos. Esa mañana, Yoyja ya vestida se despide de su amado Faraón con un apasionado beso que lo despierta de su sueño. Iban en un viaje de dos días a la ciudad de Menfis.

–Esposo mío, ya casi partimos tu madre y yo.

–Que los dioses te acompañen. Te extrañaré; regresen temprano.

Fue una simple pero significativa despedida.

Salieron cuando aún no asomaban los rayos del sol, pues era largo el camino. En el trayecto, conversaban sobre la esperanza que ponían en la diosa Isis, a quien le pedían el regalo de un heredero. Nelfry disfrutaba imaginándose siendo abuela. Pero en el corazón de Yoyja hay algo que la inquieta, aunque no sepa a ciencia cierta lo que pasa.

La mañana siguiente encontró al Faraón de buen ánimo y decidió ir hacia el bosque, para realizar su acostumbrada partida de cacería. Como tantas otras veces, se internó entre los matorrales. Siente la ausencia de su esposa y una ligera tristeza lo invade. *¡Cuánto la extraño! Hoy me siento más solo que nunca. Es tan buena mi reina, tan dulce, tan noble y tan inteligente!*

El día transcurre sin novedad. En las primeras horas de la tarde, el Faraón se percata de la ausencia del sol. Observa que el cielo comienza a nublarse y que, despavoridas, las nubes pasan más aprisa que nunca. Un viento embravecido azota los árboles. Se enluta el ambiente; la oscuridad se espesa y fieros truenos retumban a lo lejos, mientras los relámpagos, con sus fugaces luces anuncian la llegada de una gran tormenta. *Es intimidante ver tan enojada la naturaleza* piensa el Faraón. Los guardias que lo acompañan corren a su lado para protegerlo. Se agrupan a su alrededor; quisieran detener con sus propias manos la furia de la brisa que obliga a los árboles a besar la tierra con sus ramas. Todos están asustados y muy preocupados porque no tienen cómo brindar una segura protección a su amado Faraón. La lluvia arrecia y la brisa estremece con furor. Crece la oscuridad; los amenazantes relámpagos y los truenos que retumban hacen crecer el pánico que como negro manto los arropa. La situación se torna cada vez peor. Un fuerte ventarrón abate al grupo que rodeaba al Faraón, todos arremolinados alrededor de un grueso tronco. Permanecían unidos tratando de defender al Soberano de la furia del viento pero la tempestad, con su fuerza descomunal, arranca las ramas del frondoso árbol donde se guarecían y estruendosamente caen sobre algunos de ellos, produciéndose una terrible desgracia. El miedo los invade. Los que estaban un poco más lejos, al ver cómo las ramas del árbol sucumbían, corrieron hasta ellos procurando auxiliar al Faraón. Levantan las ramas y ven que dos de ellos ya están muertos y otros tantos heridos malheridos. Debajo de una enorme y gruesa rama se encontraba el Faraón, muy mal herido, quien apenas los ve llegar por la oscuridad que se formó por la tormenta. Con voz desfallecida, el Faraón exclamó: «Si algo me sucede, díganle a mi querida esposa, que la amé con toda mi alma y que la espero en la tierra de nuestros padres».

Fue un momento desgarrador para aquellos fieles soldados. Con dificultad se trasladaron al lugar donde estaba el carruaje. Pero no lo encuentran; al parecer, el viento lo había desaparecido. Una terrible angustia se suma a la ya existente. ¡Qué impotencia! En medio de esta desesperación, jadeante se acerca un joven guardia que, ajeno a lo sucedido, les dice: «¡Pronto! ¡Por aquí! ¡Traigan al Faraón, que allí tengo listo el carruaje!».

El camino se hizo largo y tortuoso pero persiste la esperanza de que el amado Faraón, con la curación de sus heridas, mejore de inmediato. Por fin llegan. En el Palacio, al ver lo sucedido, todo es llanto y desesperación. Un hilo de sangre persiste en manar de su cabeza, a pesar del vendaje que lograron colocarle. Los médicos del Faraón, luego de un exhaustivo examen y llenos de esperanza, recomiendan: «Vamos a esperar, el golpe de la rama fue muy fuerte, pero creemos que mejorará". Tenemos que dejarlo descansar; la tranquilidad lo ayudará».

Sumidos en sombrío silencio, todos en el Palacio elevan sus oraciones a los dioses clamando por la pronta recuperación del Faraón. Rayel está, como siempre, pendiente de las cosas del Faraón. Consciente de su delicado estado de salud, la maldad que crece en ella se agiganta; se recrudecen su odio y su envidia y sin escrúpulos pone en marcha su macabro plan. Tengo que *estar a solas con él. Esta es mi oportunidad. Lo haré,* se convence, llena de la más vil de las crueldades.

Sale apresuradamente hacia su habitación y regresa de inmediato. En sus manos trae algo que esconde subrepticiamente. Espera el momento oportuno y cuando los médicos se trasladan a otra habitación, Rayel entra, ágil y sigilosa como serpiente; vierte el brebaje de unas hojas venenosas previamente preparado en una vasija. Besa al Faraón y le susurra al oído: «Tómate esto; es mi regalo de bodas que no te había podido entregar». Despiadadamente furiosa, abre la boca del indefenso Faraón y con fuerza empuja la vasija hasta hacerle tragar todo el contenido. El resultado fue casi instantáneo. Consumada su venganza, abrió la puerta y salió rápidamente de la habitación, encaminándose a la suya como si nada hubiera sucedido. Pero el implacable tiempo se encargaría de vengar su fatídica acción.

Cuando los médicos van de ronda al aposento, al acercase confirman apenados que el Faraón yacía sin vida. Una voz de alarma retumba en los pasillos del Palacio, anunciando lo sucedido. «¡El Faraón está muerto! ¡Ha muerto nuestro Neeb Faraón!».

Todos lloran la pena, recrudecida aún más por la ausencia de la madre y de la esposa del Faraón que, inocentes, vienen de camino de regreso de su viaje. Miembros de la Guardia Real salen en su búsqueda. Al ver la comitiva desplazarse, las dos mujeres se alegran pues piensan que se trata del Faraón y que ha salido a su encuentro debido a la tormenta que azotaba. Pero al contemplar los rostros sombríos de los soldados que conducían el carruaje, Yoyja les pregunta: «¿Dónde está el Faraón?». Apenados, no saben qué responder y al ver sus rostros turbados, Yoyja y Nefry se dan cuenta de que algo muy grave ha sucedido. «Díganme pronto. Quiero saber lo que pasó». Los soldados cuentan a Yoyja y a Nefry el fatal desenlace del Faraón.

Apresuran la marcha de los carruajes; quieren deshacer la distancia, romper el tiempo. *¡Qué angustia! ¡Qué sufrimiento!* Yoyja ya había presentido lo sucedido…. *Y no estuve allí para evitar su muerte,* se lamentaba consigo misma. No hay resquicio alguno en los corazones de estas dos mujeres que no esté copado por la desolación. Internamente, Yoyja experimenta una sensación que la lleva a concluir: *Es el momento más difícil de mi vida, pero también uno de los más importantes.* Están desesperadas; la distancia es cada vez más infinita. Por fin llega al Palacio. Corren; se acercan al cuerpo sin vida del Faraón y se abrazan a él en dolorosa despedida. Para la madre del Faraón no hay consuelo. Un frío puñal de dolor traspasa su alma. Todos lloran amargamente esta partida. Menos Rayel, quien, a escondidas, sonríe satisfecha por la materialización de su monstruosidad.

En todos los confines de la tierra se enteran del fatídico suceso. Las lamentaciones se escuchan por doquier. Apresuradas y nutridas comitivas van llegando al Palacio desde los países vecinos y lejanos. El mundo Oriental está enlutado. Todos unidos al gran dolor se dirigen en nutridas caravanas, unos cruzando el gran desierto de Sahara, otros navegando por el Mar Mediterráneo, salvando las distancias para llevar al Faraón su último adiós en señal de respeto y amistad. En el Palacio todos trabajan en los preparativos del funeral del más joven de los Faraones, el de la Dinastía XVIII. Con esmerado esfuerzo y sacando fuerzas del dolor, Yoyja y Nefry disponen y preparan todo lo que llevará el Faraón en su viaje hacia el otro mundo: Un Escarabajo verde hecho en esmeraldas, que le cuidará su corazón; comida, trigo, cebada panes, pasteles, espalda de buey, costillas de cordero, miel, vino suficiente, higos, uvas, almendras y dátiles. Dispusieron también que colocaran sus cuarenta y seis arcos, bumeranes y cuchillos; seis carruajes adornados con oro, algunos; ciento treinta bastones de ébano, marfil y plata, y uno especial de caña con una inscripción que rezaba: Esa caña fue cortada por el Faraón con sus propias manos. Ropas para toda la ocasión: cien faldellines de lino, veinte y siete pares de guantes, trece capas de lino fino, joyas, amuletos, una máscara para cubrir su cabeza y un pectoral de oro, con un dibujo del dios Horus colgado del pecho, para que lo protegiera. Un cuerpo médico especializado trabajaba apresuradamente en el proceso de momificación del Soberano.

Dura es la faena, pero peor es la pena que durante esos días sienten el pueblo Egipcio y sus países amigos. Y, entre todos, una mujer camina desesperada y sin rumbo fijo. Sumida en una gran depresión por su conducta psicópata y alejada por sí misma de la realidad, vive entre delirios y alucinaciones. Sus ojos dejan escapar las lágrimas que desnudan el dolor de un corazón retorcido por el remordimiento, y cada día se repite en silencio: *Se me destroza el alma, pero no me arrepiento de lo que hice. Duele y me duele su morir de esta manera, pero si no será mío, tampoco será de las dos.* Siente que sus entrañas se desguacen y su mente enajenada vaga hilvanando marañas de locura. Vislumbra espejismos de venganza y enjambres de escarabajos se acercan a ella rabiosamente hambrientos, tomando venganza contra ella en el nombre del dios Amón. Mira sus monstruosos tamaños con ojos desorbitados mientras ellos clavan por cada palmo de su cuerpo sus patas convertidas en filosos cuchillos. Desesperada, intenta defenderse pero es en vano: está completamente arropada por ellos, penetrando su piel para devorar su carne. Sus gritos desesperados dan la voz de alerta y es cuando Rayel, presa del delirio de locura, siente asfixiarse y con gritos desesperados clama: «¡Ayúdenme por favor! ¡Me están chupando! ¡Vengan!».

Al oír los fuertes gritos, un grupo de hombres se acerca pero era tarde. Su corazón, ennegrecido por la maldad, se negó a seguir latiendo. Apenas alcanzó a tener un hilo de voz para confesar: «Estos escarabajos me han devorado en castigo por lo que le hice al Faraón. Lo envenené por celos y venganza». Esas fueron sus últimas palabras. La justicia de los dioses se había manifestado, haciendo que la criminal Rayel, antes de que se enterrara al Soberano, pagara con su vida por su crimen.

El cielo también llora la partida del Faraón. Los astros, envueltos en grises nubes, montan la guardia para custodiar el viaje que ha de emprender el joven Tukmón. Llueven estrellas fugaces, cual fieles soldados cumpliendo sus funciones, y se desplazan cada noche dibujando el cielo con líneas luminosas que transmiten sus mensajes mientras se prepara el gran viaje del Faraón a la Tierra de los Muertos.

Yoyja, conocedora del porvenir, esconde secretamente el cadáver de su esposo. Envía algunos guardias de su confianza a la margen oriental del río Nilo, y allí lo depositan. En el Palacio, sin saberlo, continúan los preparativos de la momificación de un falso Faraón. Yoyja ha dispuesto que sean dos los funerales; uno público y otro secreto. Mientras a uno lo llevan a tomar la dirección hacia el Norte, al otro clandestinamente lo dirigen, protegido por la sombra celestial, un poco al Sur.

Concluidos los preparativos, llegó el infausto día. Yoyja dispone que, con la puesta del sol, salga el cortejo fúnebre. El regio desfile es toda una estela de dolor y una manifestación del respeto y el amor del pueblo egipcio a su Soberano ido a destiempo. Grupos de plañideras, cantoras de la diosa Hut-Hor Hathor, precedían la marcha fúnebre danzando, llorando y lamentándose por el deceso del amado Faraón. El Gran Sacerdote clamaba: «Señora de la llama de oro, la Dorada que está en los estanques rebosantes de aves, en los lugares placenteros. Señora del sicomoro. Te entregamos a nuestro Soberano Neeb Faraón con el peso del dolor sobre nuestras cabezas. Te pedimos encaminarlo y entregarlo al dios Osiris en el Valle de los Muertos, para que allí descanse por toda la eternidad, hasta alcanzar el estado de vida después de la muerte».

Durante el trayecto, Yoyja, pensativa, añora no poder estar al lado del cuerpo inerte de su amado Faraón. Pero tenía que cumplir con su papel: desde antes de los siglos, éste era su designio.

CAPÍTULO XI
ETERNIDAD

Amor que nació
para vivir a través de los siglos
y por toda la eternidad.

La soledad y los recuerdos en que vivía Yoyja la fueron llenando de tristeza, a pesar de que en su corazón estaba encendida la llama de la certeza de que pronto se encontrarían. Visitaba con frecuencia aquel sagrado lugar donde se comunicaba con su amado, alentada por la esperanza de reunirse con él. Pidió a la Guardia Real que la llevaran al bosque, a ese mágico sitio donde se encontró con él por primera vez. Sentada debajo del sicomoro, rememoró uno a uno los felices momentos vividos con él allí. Tiernas lágrimas acarician sus mejillas, mientras sus grandes ojos recorren los espacios por donde caminaron tomados de las manos, envueltos en la más tierna pasión. Solo al caer la tarde pidió retornar a Palacio.

Solo Nefry notó en su rostro esa sensación de dulce alivio, y satisfecha le comenta:

–Me alegré cuando supe que fuiste al bosque, al que ibas siempre con mi hijo.

–Sí, me sentí muy bien allí. Recordé los momentos felices que viví al lado de Tukmón, a la sombra del sicomoro.

–He notado en tu mirada la tristeza y la alegría a la vez –dice apenada Nefry.

–Tiene razón; así me siento así. Son cosas del destino.

Después de conversar, como todas las noches, la madre se despide con un beso y Yoyja responde con un profundo «Hasta mañana», plena de agradecimiento.

La ausencia de la luna hacía más oscura la noche. Yoyja, vestida de blanco lino, recogió sus cabellos con aquel prendedor que era del deleite de Tukmón. Se miró al espejo, contemplando su belleza marchita por la soledad y se dijo: *Ha llegado la hora.* Subió a la parte más alta del Palacio y levantando sus ojos miel al infinito, abre sus brazos en señal de recibimiento y gozo por el destello de luz que traspasa la atmósfera como rayo y llega hasta ella. Las estrellas, cómplices de nuevo, saludan este encuentro. Su vista no se aparta de la luz y, sin pestañar, sigue la ruta de la silenciosa nave que cada vez se acerca más. *Es mi padre y viene por nosotros.* La luz radiante gira hasta colocarse en la cúspide del

Palacio. La puerta de la nave se abre y a través de ella emerge un ser luminoso que ha viajado años luz hacia la Tierra, cargando los más tiernos recuerdos. Volvía para completar los designios del destino. Luego del paso de los años y los siglos, se llevaba a su lar aquel pedazo de su corazón que tanto amaba. SurQ sale de la nave. Siente la emoción de volver a ver y a abrazar a su hija bien amada.

–¡Hija querida! ¡Por fin juntos! Esperaba este momento con ansiedad.

Un dulce abrazo filial los envuelve y se eclipsa la luna. El susurro de las aguas del Nilo flota tocando el infinito. Hilos de plata transmiten al Gran Cosmos el encuentro. Una gran fiesta comienza en Alnilám.

–¡Padre mío! ¡Cuánto esperé por tu venida! ¡Sabía que vendrías!

–Hija, ya nada volverá a separarnos.

Aún no ha despertado la mañana, la luminosa nave rauda se eleva llevando consigo a Yoyja y a SurQ. No muy lejos de allí se detiene nuevamente para recoger el cuerpo momificado de Tukmón, quien dormía en el Valle de los Muertos y yacía a la espera de Yoyja, a sabiendas de que, una vez llegados a Alnilam, recobraría plenamente la vida para vivir junto a la Elegida por toda la eternidad.

ACERCA DE LA AUTORA
ANA TERESA MARTÍNEZ

Nacida en Salcedo, Rep. Dom. Graduada de Maestra Normal de Primera Enseñanza. Alcanzó el título de Licenciada en Educación, mención Pedagogía Pura, con el mérito de *Cum Laude* en la Universidad Nacional Pedro Henríquez Ureña.

Se casó en el 1963 con el doctor Franklin Beltré Alcántara con quien procreó seis hijos.

Maestra de maestros. Laboró en la escuela Juan Vicente Moscoso por veintiún años e impartió cátedras por diez años en la Universidad Central del Este.

Educadora, compositora, poeta, novelista y cuentista. Pasada presidente del taller literario "René del Risco Bermúdez" durante sus primeros seis años. Fundadora y coordinadora del Grupo Interiorista del Ateneo Insular "Francisco Domínguez Charro". Fundadora del taller literario "Carmen Natalia Martínez" (Asesora). Fundadora y presidenta del taller literario "Don Pedro Mir". Miembro del Consejo Provincial de Cultura de esta ciudad y gestora cultural. Directora y fundadora de la escuela Literaria Municipal de San Pedro de Macorís.

Reconocida como hija adoptiva de la ciudad de San Pedro de Macorís en el año 2011, por el Honorable Ayuntamiento de San Pedro de Macorís. Luego en el 2013 se le otorgó el honor de MÁXIMA EXCELENCIA MAGISTERIAL por el Honorable Concejo de Regidores del Ayuntamiento de San Pedro de Macorís.

Invitada como oradora por la Asociación Nacional de Maestros Cristianos de Venezuela (2009). Reconocida como madre ejemplar y por la Secretaría de la Mujer (2011) Reconocida como maestra ejemplar por el Ministerio de Educación (2011 y 2012). Reconocida por el Club de Damas Leones (2011-2012). Reconocimiento del Liceo José Joaquín Pérez.

Obras publicadas: *Mis Poemas Para Ti* (poemario, 2002); *Cartas Abiertas* (poemario, 2004); *Cristales* (cuentos 2006); *Cristalitos de Vida* (cuentos didácticos, 2008); *Cristalitos de Sabiduría* (cuentos didácticos, 2008); *Cristalitos de Fe* (cuentos didácticos, 2008); *Entre Muros de Silencio* (novela, Miami, 2011) y *Voces* (poemario, 2013).

Varios de sus cuentos y poemas han sido incluidos en varias antologías: *Escritores de la Provincia San Pedro de Macorís* y en la *Antología de Cuentos de la Región Este. A la Sombra del Cañaveral*, ambos de la autoría de Isael Pérez (2008) y del mismo editor, *Poetas de la Era 111* (2013). También en la primera *Antología de Sonetos Dominicanos del siglo XX1* del destacado escritor y sonetista Ramón Saba (2013).

Asesora de la Primera Enciclopedia *San Pedro de Macorís su Historia y su Gente* (2010) de los escritores Aurelia Castillo de Peláez y Escarlin Martínez.

Facebook: https://www.facebook.com/anateresa.martinez.5

Email: ateresamartinez@hotmail.com

www.ingramcontent.com/pod-product-compliance
Lightning Source LLC
Chambersburg PA
CBHW030619130626
46552CB00002B/631